数学家

皕皕 著

线装书局

图书在版编目（CIP）数据

数学家 / 皑皑著. -- 北京：线装书局，2025. 1.
ISBN 978-7-5120-6341-9

Ⅰ. I247.7

中国国家版本馆 CIP 数据核字第 2025WW9294 号

数学家

SHUXUEJIA

作　　者：	皑　皑
责任编辑：	曹胜利
出版发行：	线装書局
	地　址：北京市东城区建国门内大街 18 号恒基中心办公楼二座 12 层
	电　话：010-65186553（发行部）010-65186552（总编室）
	网　址：www.zgxzsj.com
经　　销：	新华书店
印　　制：	河北盛世彩捷印刷有限公司
开　　本：	787mm×1092mm　1/32
印　　张：	7
字　　数：	118 千字
版　　次：	2025 年 1 月第 1 版第 1 次印刷
定　　价：	39.80 元

献给爸妈

目 录

穷男友与富男友　001

数学家　041

闺蜜　075

首富　137

露露　175

穷男友与富男友

1

又是一年的开学季。曹瑜去年还是新生，今年就作为学长站在了小桌子后面，负责接待本系的新生。他和身边的郑旭想法一致，一方面为刚到陌生环境的学弟学妹们提供兄长般的关怀，同时也可以先睹学妹们的风姿。

别看他们是在一所男女比例严重失调的师范院校（自然是女多男少），但两人都还是单身。正因为是师范院校，不少男生的家庭条件一般，直接影响了他们在恋爱市场上的销路。就算曹瑜生得一副好面容，但如今做任何事情之前，多少也要有点预算在手。可是曹瑜自从进校，业余时间都用来打工，就像没见过钱一样。

师范院校的学费已经够低了，条件再差的家庭也能负担一部分开销。但是曹瑜的家人却是一毛不拔。曹瑜进校后就没收到过一笔来自家人的资助，他平日里吃穿用住的每一分钱都是自己挣的。所以大家传言他从小就是个孤儿，寄养在一位贫寒的亲戚家，亲戚也不富裕，有自己的小孩要养活。按照法律规定亲戚也只管他到十八岁，之后就只能靠他自己了。

按说他的成绩是有机会申请奖学金的，但他偏不动这方面的脑筋。别人问他何故，他答曰这笔钱应该留给更需要的人。这话居然是从他嘴里说出来的，学校里还有比他更需要的人？

郑旭用手肘捅了捅曹瑜。新生都从一个方向来，曹瑜当然知道该往哪儿看，马上就猜到郑旭想让他看的是谁。

郑旭看到刚刚还心不在焉的曹瑜这会儿眼睛都直了，很是得意——因为他的眼光终于得到了好友的认可。前几次他让曹瑜看这边看那边，曹瑜都摆出一副打不起精神的样子，好像他郑旭的标准要低他曹瑜一等似的。

接下来是固定流程，竞猜这个身材高挑的短发女孩是哪个系的。这才是最揪心的时刻。

"中文系，一定是中文系。"郑旭抢先预测。

曹瑜竟没接话，因为他已被眼前的女孩完全吸引住，思量着，管她是哪个系，我一定要想办法认识她。

她并不像大多数新生那般东张西望地边走边问，而是大步流星地朝他们这边走来。夏秋之际的金色阳光洒在她栗色的发丝上，精致的面容英气逼人，酷似一个清秀羞涩的少年，一时雌雄难辨。

"她的目光——明显是看向中文系！"

她越是靠近，郑旭越是笃定自己最初的判断。隔壁中文系的负责人似乎也确信她是自己人，不自觉地拾起笔，开始在名单上搜找起来。郑旭上一秒还沉浸在猜中的兴奋里，这会儿就只剩沮丧了。

"我叫代青。"

郑旭还以为是自己听错了，因为这个俏丽的学妹竟然站到了历史系的小桌前。她的眼睛依然看向旁边的中文系。郑旭忍不住想告诉她，你的系在隔壁。

"欢迎，欢迎！代青同学——你好！"

曹瑜记得名单上有这个名字，知道她没有弄错。

2

历史系所在的教四楼已经有七十多年的历史，外观还是当年建成时的样子，凝重的墙面趴满爬山虎，秋天时叶子呈金色和火红色，尤为好看。历史系大多数课程都在这栋教学楼里教授。同学们每天都会出入同样的教室、食堂、操场、图书馆和宿舍区。规模不大的校园内每一条主干道和每一条小径，在白天都挤满穿梭于各教室之间的师生。

如果是在同一个系，肯定免不了会遇到。如果再像曹瑜这样研究过代青的课程表和作息规律，那两人相遇的几率就更高了。代青不难发现——开学第一天就认识的这位学长哥哥是故意要经常撞见她。但是每次曹瑜都表现得没羞没臊，一次又一次尴尬地上演着"怎么这么巧"的滑稽剧目，让代青生气不起来。

反正他总是乐呵呵的，不招人讨厌，而且她打听过他家的情况，知道他们之间是绝无可能的，也就更加不在意他的这些小心机。她甚至和他想聊什么就聊什么，完全不担心被他误会。

因为只要他表白，她就会马上拒绝。曹瑜随时表现出的乐观向上，也给了代青一种信心：即便用最生硬的方式回绝他，也不会对他造成任何实质性的伤害。他就是那种又穷又开心，生活仿佛无欲无求（没心没肺）的典型代表。

曹瑜没有让代青等太久，他这个人心里根本藏不住事。一天，在毫无征兆的情况下，他就在新街口的吉野家店里向她表白了。他在那里打工，经常叫她来吃东西，他会给她多加料。

代青看到他一脸严肃，语气也变得凝重，和平时玩世不恭的样子判若两人。她忍不住笑起来。

"你笑什么？"曹瑜似乎有点儿生气。

代青则觉得这样更加好笑了。

"等你笑够了，就快点答复我。"

"答复什么？"

"你到底愿不愿意做我女朋友？"

"你是认真的？"

"我当然是认真的，你还要我把刚刚的话再说一遍？"

"你刚刚那么一本正经，我还以为你是在和我开玩笑。"

"我是真的很喜欢你，希望你能做我的女朋友。"

"你觉得我们合适吗？"

"我觉得你和我是同一类人，我们是一样的！"

"我和你？我们哪里是一样的？"

"为了实现目标的冲劲儿！"

他居然能够看穿她，这让代青有种莫名的感动。但正因为被他说中了，他们才更加不可能在一起。因为她和他的目标完全不同。

"你家也是农村的？"

"以前是的。"

"我也是。我妈一个人抚养我长大，你不知道她受了多少苦！所以我未来一定要找一个城市人结婚。你也最好找一个城市女孩。我们两个在一起是没前途的。"

"我不明白，我们现在已经在很好的大学，高考给了我们改变命运的机会，我们把握住了。大学毕业后，我们可以靠自己的努力，在城市里立足。怎么会没前途？"

"你真是个理想主义者，这也是为什么你能每天这么开心的原因。但用不了几年，每个人都会变得现实。到时候你不可能还会像现在这么乐观。我看到你每天乐呵呵的，就知道你对未来没多想。但我不一样，我从小就看到了我的未来。我不想再像我妈一样。我必须在我这一代改变命运。你没听过那句话吗？女人一生有两次改变命运的机会，第二次机会是嫁人。"

穷男友与富男友 / 007

代青是无论如何都不会嫁给一个同样来自农村的人。但因为曹瑜和她有着相似的背景，所以和他在一起时她感到很轻松，不用担心曹瑜会看低她。在她看来，即便她是一个私生女，但至少还有一个从小疼爱她的妈妈，而且她的爸爸也曾是一个大官。和曹瑜这个孤儿比起来，她怜悯他的时候反而更多些。她妈妈说自己是真心喜欢她爸爸，并不是为了他的钱和地位。爸爸也很爱她们，是迫不得已才不能与她们相认。但随着代青慢慢长大，她越发相信她们母女是被爸爸残忍地抛弃了。

妈妈不想让她恨亲生父亲，所以才编织了他们之间美好的爱情故事。而妈妈从来不提曾经的职业。她也不敢问妈妈是去哪里找来的养家钱，是跟自己的亲生父亲要的吗？妈妈把她当作小公主一样精心地抚养，她总能穿上新衣服，也能早早地用上手机。

她从小就很敏感，懂事很早。即便妈妈把苦的一面全部藏起来不让她看到，她并非不能感受到。妈妈年轻时去城市打工，却永远只能做一个城市的过客，没有身份，没有户口，没有尊重，从未真正地属于城市。

为了抚养她，妈妈不得不再次返回农村。为了怕她受到委屈，妈妈拒绝了一次次提亲，坚持靠自己抚养她成人。十几年后，她再次来到城市。这一次，她要堂堂正正地留下来！

3

　　第一次告白的失败，并没有让曹瑜放弃。他不觉得她有什么错，如果他是她，也许会做出一样的选择。他只是觉得她可以有更好的选择，就像他自己一样，去追寻真正的幸福。这种幸福和金钱、地位、城市户口都不相干。就像曾经代青的妈妈陪伴她成长时获得的幸福一样。他相信即便用一整座城市去交换，她妈妈也不会放弃女儿。其实在十几年前，她的妈妈就已经用实际行动证明了——什么才是最重要的。作为女儿，有一天她一定能够真正读懂妈妈的心。不能留在城市从不是她妈妈的遗憾。而在她内心深处真正渴望的，也不会只是一个城市人的身份。她有一天会看到，生命能给她的远比她现在能看到的多得多！

　　曹瑜的处境和代青截然不同，他早就决定未来要远离主流社会的名利游戏。高等学府的毕业生身份足以保住他的生存底线。对他来说，在生存之上的所有追求，都必须为精神服务，要么通过创造，要么通过帮助他人来实现。

而他对于自己未来要做什么，会成为什么，已经有详细的计划。所以别看他每天除了上课，还要奔波在各种临时工作之间，但一点儿都不影响他积极乐观的心态。

他尝试着不同工作，尽量多地体验社会的方方面面。就像亨利·福特在一年内换过十一份工作，最终回到自己的库房造车一样，他也在为自己即将打造的"汽车"积累经验。

"为什么穷还能开心？"这个问题，比困扰当代人的另一个问题"为什么富还会不开心？"更难回答。代青就曾充满好奇地问过曹瑜很多次。曹瑜每一次都耐心地从不同角度给出解答。代青每一个字都能听懂，却始终无法理解。

"摊牌了，我不打算再隐瞒你了。但是我讲出实话，怕你会不相信！"

曹瑜面露难色，似乎还需要得到代青的进一步鼓励，才愿意把实情说出。

"你说，你快说，我肯定相信你！"

曹瑜依旧犹犹豫豫，似乎很享受看到代青急不可耐的样子。

"其实这不是我第一次经历此生。前一次的时候，我和现在一样穷,从小就穷。我发誓今后无论如何也要挣很多钱。毕业后我辛苦地工作,从不吝惜体力。但打工挣钱太慢,我就跑去做生意,当时服装生意很火,我就不顾一切地扎进去。没想到我是第一批发现了新商机的人,而且是所有人里最不怕苦不怕累的。别人过节要休假,我连春节也不休息。就这么一路狂奔,把企业越做越大。

"我很快不满足于国内的市场,又开始拓展海外。就这样每天都有开不完的会,每月都有出不完的差。经常是刚走下一架飞机,就踏上另一架;刚从一家酒店出来,就入住下一家;刚和一拨人挥手说再见,又和另一拨人握手说你好。全球的买卖,消除了日夜的分别。飞机成了我事实上的家。

"我感到从我身边流过的时间,都加快了十倍。前一次照镜子时,还是一个精神小伙,再次照镜子,已是一个鹤发老翁了。

"我因忙事业,结婚也晚,婚后老婆给我生了一个儿子,我根本没时间陪在他们身边。我以为儿子还在上小学,夫人却和我说,他已经要初三毕业了。

"我知道儿子酷爱滑雪,每年都会安排他们母子乘专机去世界各地的滑雪胜地,而我没有一次陪过他们。初三这年,妻子央求我陪他们一起去。我正处在第四季度冲业绩的关键时刻，打算一鼓作气超过排名在我前面的两家公司，成为全球第一的快时尚品牌。按理说我应该毫不犹豫地拒绝他们，就像曾经的每一次。但鬼使神差地，我居然答应了他们的请求。我夫人别提多开心了，我想儿子也是一样的，因为我们已经有半年没见到彼此了。

"但就在临近度假日期的时候，儿子突然告诉我们，他今年不能去滑雪了。因为学校正在排练毕业戏剧《哈姆雷特》，选他演男主角。他为这部剧付出了巨大的心血，投入了无比的热情，所以必须留下来排练。夫人听到这个消息后怪他任性，同时也怕我震怒。她了解我的脾气，更何况这次度假是她说服我的。

"但是我并没有生气。取而代之的是一种从未有过的心情——嫉妒。是的，我嫉妒我的儿子，当我感受到他对戏剧的热爱，并且为了这份热爱，居然愿意放弃他最大的爱好，放弃他和爸爸难得的相处时光。正是这份热爱，让我嫉妒得发疯。

"我突然意识到，从上大学开始，我就一门心思想挣钱，为挣钱，从来没有问过自己真正喜欢什么，热爱什么。当钱已经挣得够多了，我还是停不下脚步。而我的儿子才十几岁，就清楚地知道自己热爱什么，愿意把全部时间投入到自己热爱的事情中去。

"回想我的一生，被一个又一个销售目标捆绑，不断地进入新市场，紧盯着竞争对手的每一个动作。如今已年近六旬，居然从来没有问过自己到底真正热爱的是什么？我突然觉得我的一生白活了。

"我把我的想法和老婆说了，和股东说了，甚至和下属说了，我逢人便诉说自己的苦闷。可是身边的人一想到我的私人飞机、私人高尔夫球场和价值千亿的股权，就都认为我过早地得了老年痴呆。我的每一个员工都愿意和我交换人生，他们每天努力的目标都是为了像我一样富有。

"虽然我也不能理解自己到底怎么了，但我的痛苦是真实的。我认为此刻只有我的儿子能够理解我，于是我马上决定到他的学校去找他。但就在赶去的路上，我突然感到心痛得要命，胸闷致无法呼吸。我的眼前一片漆黑，之后就什么都不知道了。

"等我再次醒来的时候，发现自己居然回到了十八岁时的大学宿舍。我躺在自己的床上，旁边站着郑旭，一脸懵圈地瞅着我。他说我刚刚嘴里一直在喊着'我不要私人飞机！不要大

别墅！不要当你们的董事长！'

"'你小子是不是穷疯了？梦里不光意淫富豪的生活，还这不要那不要！'郑旭哪里知道，我根本不是在做梦，这些都是真实发生过的——我前一次人生的记忆啊！

"当我发现自己又获得了一次重新来过的机会后，就下决心不能再像第一次时那样忙忙碌碌地过完一生。这一次，我一定要找到对我来说真正热爱的事情！我要像我儿子那样，愿意为了热爱的戏剧，放弃奢华的度假旅行。"

曹瑜讲故事时声情并茂，一会儿化作一个悔不当初的董事长，一会儿演绎一个感情浓烈的慈父。如此炉火纯青的演技，让代青怀疑他是不是打工的项目里还包括群演，曾和职业演员偷师过。

听着真不像是在胡编，简直就像是亲身经历过。代青又问了些细节，曹瑜都是不假思索地对答如流。若非亲身经历，很难想象一个穷小子能够对一个顶豪的日常如此了解。

"不行，我不能相信他！"代青提醒自己。她对现代科学抱有百分百的信心，若非如此——她真有可能被曹瑜说服了。

"你是不是穿越剧看多了？"

"你看，刚刚还说相信我，等我真说了实话，你又不信了。"

"那你证明给我看，把从今往后每一届美国总统的名字写出来。"

"那可不行，谁知道你要用这些信息干什么？我说出来后，你又会让我说股市说世界杯冠军。我可不想改写历史，谁知道会发生什么乱子。"

"你就扯吧！"代青此时是真想打人，"那好吧，转生人，我问你，这一世你找到热爱的事情没有？即使你真的找到了，如果没有足够的钱，你靠什么实现抱负？"

"不瞒你说，我还真找到了。但我现在还不能说，我发过誓。等我大学毕业的时候，才可以告诉你。关于没钱能不能实现梦想这一点，我的回答是，有人像太阳，能温暖十亿人；有人像灯泡，只能照亮一个正在读书的孩子，他们同样是伟大的，因为他们各自尽了全力。"

"搞得神秘兮兮！发过誓？和谁发的誓？"

"我目前真的不能说，不过我打算给你开个后门。如果你愿意做我的女朋友，我马上告诉你。"

"我才不会喜欢上一个六十岁的老头！"

两人都笑了。他们可能不把这种关系称为恋人，但他们之间的和谐融洽会让很多恋爱中的情侣愧叹不如。

4

四季轮替，教四楼再次披上了金色外衣。曹瑜约代青去赏香山红叶，他在夏天时就制订好这场"秋季作战"的详细计划，专门在三伏天头顶烈日提前试爬，考察登顶线路中最佳的告白地点。

他心中的完美计划是这样的：山上美景会让人产生对美好事物的向往，运动时释放的内啡肽和多巴胺会产生愉悦的心情，爬山过程中的心跳加速和脸颊泛红与恋爱时的反应相似。所有这些元素都凑齐了，代青会自然而然地认为——身边的曹瑜让她有了心动的感觉！

在过去的一年里，曹瑜已经证明了没人能比他带给代青更多的欢笑。他们本就是天生一对，不应被世俗的观念阻碍。他打算再次告白，并把心中的计划也告诉她。他希望得到她的支持。

不过曹瑜这种乐观的人，总会不停地犯同一个错误，就是把事情想得太好。临行前，代青说人少不够热闹，非要再叫上两个朋友，艾笑和秦宇。笑笑，曹瑜当然认识，她是代青的同班同学和最好的朋友。但秦宇，真是一言难尽。他是本地人，和代青同级，目前在读清大，正在追求代青。师大女生多，清大恰恰相反是男生多，所以两个学校经常联谊。代青就是在一次联谊上认识秦宇的，之后这个秦宇就阴魂不散。

要知道，代青当初最想进的是和清大齐名的京大的中文系。代青最后的成绩在全省能排进前三十，但分数依然不够上京大中文系，甚至没到师大中文系的线。最后只得退两步，进了师大历史系。所以她内心一直仰望清大和京大的学生。

但不要误会，秦宇可不是什么学霸，他连高考都没参加过。他是北京一所叫法威的国际学校毕业的，毕业前更换了护照，是从旁门进入的清大。

不来北京恐怕永远没机会知道，原来北京生源想进名校不是只有一条路，而是十条。高考的时候竞争少，录取比例大，这谁都知道。除了高考，这些学校说是为了创收，会在本专业里开设只招收本地生源的专科课程，录取分数只需要本科分数的一半，进校后所有的老师和教材与本科生相同，甚至会在一起上课，而且有专升本的机会。

如果一个本地生的成绩连专科录取分数线都达不到，也不要紧。只要参加过高考，有个分数就成。很多名校会开设一种被称为"二加二"的课程，进校后一样和本科生同等待遇，学习两年后会被送到西方发达国家的大学继续深造两年再获取学位。当然也可以像刚刚提到的秦宇，完全不参加高考，靠留学生身份入学。

如果没有外籍身份，同时也不想参加残酷的高考怎么办？也不用担心，可以高中毕业就直接出国读大学。最不争气的情况是，到了国外也读不下来学位。那也没问题，回来后就直接工作或接班，家人总能想到办法。

如果工作也不想做怎么办？千万别为他们操心，这时候离最后的"啃老"还差着好几个台阶。不要忘记，凡是这些学习成绩不好的年轻人都是怎么长大的。没错，他们是玩大的。可以负责任地说，他们小时候玩过的几乎所有兴趣爱好，在大城市里都能转化成一种职业。

从小爱玩滑板，可以去滑板店工作。如果玩得不错，就可以当教练了，一小时收几百块学费不算多。玩得再好些，可以去参加比赛，成为被赞助的选手，拿奖牌，名利兼收。

滑板只是举个例子，大城市里能玩的太多了。抱怨社会评价标准太单一的人很多,但他们肯定都没有出生在这座城市里。多元化的评价体系在这里已是现实。

总体来说,一个在城市里出生的人,自身能不能成才,最大的决定因素是他个人的意愿!基本上只要他有意愿,父母就会拿出一张地图,上面画着各条通向罗马的道路(也有人会说他们已在罗马)。

而对于那些来自农村的孩子们,"意愿"只是第一步,他们不需要地图,也不怕迷路。因为他们只有一条路。这条路很窄,走的人很多,多到大多数人在途中就会被挤下去,即便是意愿最强的那一个。他们必须考出两倍的成绩,付出十倍的时间,才能在爬香山的时候遇到秦宇们。

"瑜哥,我早听代青提过您,她说您可裂(厉害)了,一整个暑假都在打工。还说您淡泊名利,已经**看破红尘**。我其实就挺不能理解的。您说您实际上连'红尘'都没体验过,怎么就能看破呢?有什么秘诀?也教教我!"

秦宇表面上请教,实则是讽刺。人类和其他哺乳动物一样能快速地识别来自另一个雄性(情敌)的威胁。当然,人类也不可能再回到诉诸武力驱赶对手的年代。文明让人类进化了嘴这个器官,它是目前人周身上下最强大且最具攻击性的武器,现实中不乏用它来杀人的例子。

"我明白你的意思！维特根斯坦出身巨富之家，释迦牟尼是王子，他们都曾拥有一切，不排除他们尘世生活过腻了，想换个活法。可我本来就一穷二白，按理说有很多欲望都没被满足过，不该这么早熟的。"

这时候，代青又想起了曹瑜讲过的那个"循环人生"的故事。目前看来这居然成了最合理的解释。

曹瑜继续说："名与利，世人皆爱，它们确实很可爱。我怎能一点都不爱？一个成年人坐在花园里看着一群小孩在玩耍。一个小土堆就能让他们玩上一整天，而且不知疲倦。该吃饭了家长喊不动，该睡觉了依然不舍离开。成年人看后，自然会被孩子的开心感染，但却不能理解小土堆的乐趣到底在哪里。"

这是一个"伤害性不大但侮辱性极强"的解释。难道曹瑜想表达名利于他就是那个土堆，他已经成年，不再能享受其中的乐趣。而秦宇之流在他眼中就是群小孩子？

秦宇感觉有点吃了哑巴亏，因为曹瑜的答案站在了精神的制高点，不太好反驳。他也不想反驳曹瑜的观点。他反感的是曹瑜这个人——实在是太装了！

秦宇无法相信曹瑜这样的人是真实存在的。这不能怪他，这类人除了在书本里（而且大多已经作古）出现过，谁敢说自己在现实中遇到过？即便遇到了这么说的人，也不会真的这么做，说白了就是伪君子。

秦宇这下更加讨厌这个竞争对手了，不过他也更加放心了。因为代青是无论如何不可能看上这么一个假正经的。

这之后秦宇就没再主动和曹瑜说过话。两人都能默契维持着客客气气，井水不犯河水，演给代青看。代青当然能感受到这俩人谁也不服谁，开始后悔同时约了他们。

自打那一日起，曹瑜再也没有见过秦宇。秦宇再约代青出去玩的时候，代青要么单独赴约，觉得不合适时就叫上艾笑陪她一起。秦宇则经常叫上自己的朋友，他的朋友们都认定代青已经是他的女友之一了。

5

"你哭什么？让同事看见，还以为我把你弄哭的。"

还是在吉野家，这次是晚上打烊前，代青坐着等曹瑜下班。曹瑜怎会让她等，和同事说声抱歉，就提前收工，坐到她对面。

"怎么就失恋了？你们不是还没正式交往吗？"

"可是我还挺喜欢他的。当我发现他同时在追其他女生，本以为他会跟我道歉。没想到他和我说这很正常，他这个年纪需要多接触女生，否则怎么知道哪个最合适？他居然让我接受他同时交往不同的女生。"

"秦宇这么优秀的男生，同时有几个女朋友，这不是很正常吗？我以为你一开始就知道，不介意，才会接受他的追求。"

"你拿我开心是吧！你明知道我不能接受男生不专一。你知道我妈的遭遇，我找男朋友第一条就是他必须只能爱我一人。"

"你的要求在这座城市，有点太高了。现在是自由市场，鼓励公开竞争。面对条件好的男生，一个女生最明智的目标不是做他的唯一，而是做他的第一。古代管这叫正室，现代叫合法妻子。你想留在这座城市，想找条件好的本地人，想得到身份，就要懂取舍。"

"不！我要找一个正直的人！"

"太难了。在大城市，你想找一个正常的人都难。"

"你还说别人不正常,我看你才是最不正常的。"

"因为我是一个正直的人?"

"你是很正直,都大三了,还不交女朋友,我知道你们班有喜欢你的女生,就是有人喜欢你这种自食其力的类型。你不要再继续等我了。我们就像现在这样做朋友多好。你以后失恋了来找我,我保证不会不接电话。"

"原来你知道我在等你!平时我提醒你,你都反驳我'胡说,你是忙着挣钱没时间交女友'!看来,你还是有良心的。"

"你到底喜欢我哪点?我有哪点是其他女孩子没有的?"

"我喜欢有孩子气的人,因为我喜欢童年阶段的人类。我可能是这个世界上唯一一个意识到这个真相的人——连生物学家都忽略了这个事实——就是童年时期的人类和成年后的人类是两个不同的'物种'。

"两者之间的区别就像毛毛虫与蝴蝶一样明显。毛毛虫变成蝴蝶的过程中,会进行完全的重组,形成一个全新生命个体。尽管毛毛虫和蝴蝶在基因上是相同的,但在很多方面都有显著差异。它们是完全独立的个体,各自有不同的生存需求和生活模式。

"人类也是这样,只不过人类是倒过来,是从蝴蝶变成毛毛虫。你和我一样，不愿意把世界想得太复杂，那不是因为世界本身不复杂，而是因为我们简单。在我眼里，你身上永远有着那份宝贵的'孩子气'，你始终是一只美丽的蝴蝶！而追求你的那些男人都已经变成了毛毛虫。他们已经配不上你。"

代青叹了口气。

"如果你能更富有点，或者我更富有点，也许我们可以更进一步。但你现在连养活自己都成问题，我并不比你好太多。我不希望我未来的孩子再输在起跑线上，像我一样需要拼了命的努力才侥幸走到这里，这中间需要多么大的运气和面对多么小的概率！"

"你的想法并没有错，但是你太受限于大多数人的思考方式了。如果你换一换想法，会发现生活并没有你想得那么绝望，甚至可以处处生机勃勃。首先，一个人获得幸福的概率，比获得成功的概率要高多了。为什么非要去追逐成功呢？更糟糕的是把成功等同于幸福。接下来，关于财富，世界上存在着两种富人：精神上的富人和金钱上的富人。我不过是选了前者。"

6

天气渐渐炎热,预示着曹瑜马上就要毕业了。他没有像其他同学那样,早早为留校做着准备,或是提前投递简历寻找工作。他的日子和从前没有多大区别,忙碌又悠然地过着每一天。他身上看不到焦虑、迷惘和紧迫,时间在他身边会自动放慢。

代青通过秦宇认识了更多清大的同学,还有些是他中学时的玩伴。他们当中有过新的追求者,但是代青变得更加谨慎,她说自己对他们都没有心动的感觉。曹瑜听后笑话她:"外在条件要好,还要有心动的感觉,你以为是网络小说啊。我看最好给你配一个霸道总裁,从第一次见你就爱得不得了。最重要的是不管你虐他千百遍,他始终待你如初见!"

每次说到这个话题,代青都没有好脾气。她觉得曹瑜是在幸灾乐祸,好像如果她到最后没人要了就只能跟他似的。她有时候真想为了气气他,随便找一个男朋友。但是她不明白自己为什么想气气他?难道她很在意他?她赶紧打住这样的思绪,不敢继续想下去。

曹瑜马上就要毕业了,他口风是真严,对于毕业后要做什么一个字不提。一想到他明年就不在学校了，代青感到有些失落。他太能想出各种办法把她逗笑了。有他在，代青这三年里，不管是考试没发挥好，还是手机摔坏了，或是跑了很远的路最想吃的点心却刚好卖完，这些本该沮丧的时刻，却没有留下多少不愉快的回忆。原因就是曹瑜总是会及时地出现，开着蹩脚的玩笑，或者拽些他独有的歪理，代青很快就忘记了自己是为什么而不开心。现在曹瑜要走了，明年也将是她的毕业年。对于未来的迷茫，她到时还能找谁倾诉？

好在有手机和社交软件，曹瑜只要不是躲进大山里，总能联系得到人吧。搞不好他突然发迹了，有钱了，那是不是……打住打住！一想到这些，代青就要阻止自己的胡思乱想。她要是真的喜欢上了曹瑜，那她的全盘计划都要被打乱。

她很害怕曹瑜利用毕业的机会，再次向她表白。万一他又像第一次那样红着脸，一本正经地说喜欢她，她这次可没有借口说他开玩笑了。明明那么用情专一又那么了解她的一个男生喜欢她，她不应该高兴吗？怎么这些想法又来了！打住打住！

可是偏偏怕什么就要来什么。刚领到毕业证，曹瑜就来找代青，让她晚上哪里也不要去，不要安排任何事，等着他来接她。代青问他要带她去哪里？去做什么？他一概不回答。但他的态度很坚决。

"还记得我说过的那个誓言吗？毕业就是誓言解除的日子，今晚我要将全部实情告诉你。"

傍晚，一辆深灰色的双门跑车停在了学校门口。曹瑜从驾驶位走出来。

"等很久了吗？我还以为我会先到。我连等你时用什么姿势靠在车上最帅，都想好了。"

代青最初根本没有往跑车的方向看，一辆如此招摇的车停在校门口显得很突兀。她下意识地扭头望向其他方向。直到曹瑜和她说话，她才回过头。

曹瑜此时已经站在她身旁，她从上到下打量着眼前这个熟悉又陌生的"高富帅"。

"你——"

"是我！"

要知道，曹瑜整个夏天就只有两件T恤换着穿。虽说他总是干干净净的。但今天这身价格不菲的衣装，让代青惊讶之余，感受到一种陌生感。

"上车吧。"

曹瑜说得越轻松，代青就越拘谨。她很不自然地跟在曹瑜身后，紧张地钻进车内，有些不好意思地用眼睛余光环顾四周。如果被认识的同学和老师看到，肯定会把她往坏处想。因为她可以肯定——今天没人能认得出曹瑜——都只会认出她！

上车后她就催着曹瑜赶紧开走，一时竟顾不上满脑子的问号。

"我们去哪儿？"

"到了你就知道了。"

"这是你的车？"

"是我家的。一直放在北京的车库里，我看它停在最外面，就开出来了。"

"你……"

"到了地方我会告诉你。"

曹瑜将车开进了一所神秘的住宅。绕过一道石雕屏风后，是一大片开阔的草坪，草坪尽头是一座古香古色的历史建筑。台阶上跑下来一个身穿西式礼服的服务生："曹先生，晚上好。"

"我从来不知道一环内还有这样的地方。"

"你不知道的地方还有很多。这家米其林餐厅位子很难订，一般需要提前四十五天。我因为和主厨关系好，才能临时加出位子。"

代青第一次来这样的地方，处处小心谨慎。当她看到其他宾客都身穿华服，闪耀珠光，更觉不自在。不知是否心理作祟，她感到每个人都在打量她。

她小声和曹瑜抱怨为什么不事先通知她要来的地方，她可以花时间打扮一下。曹瑜轻松地说她随时都好看，今天也不例外，他没觉得有什么不妥。

他们一入座，服务生就通知了主厨，主厨马上过来和他们打招呼。他似乎和曹瑜非常熟悉，两人光说话还不够，还要再来几个拥抱。之后主厨更是每一道菜肴都亲自呈上，并讲解创作理念。宾客都投来羡慕的目光，代青也没有了来时的紧张。

曹瑜解释说为了不影响代青享受美食，一定要等餐毕再讲述自己的故事。所以代青干脆把所有悬念抛之脑后，像平时和曹瑜在吉野家吃鸡排饭时一样，只关注眼前一幕幕精彩呈现的创作，像小孩子探索着新玩具。但这里毕竟不是吉野家，吃到嘴里的也不是鸡排饭，更为重要的是眼前这个认识了三年的"老朋友"突然一下变得很陌生。

伴随曹瑜的外表和周围环境的巨大改变，他也变得不那么真实和更加地让人琢磨不透。除了那份一直都在的信任感，让她可以安心接受他做出的一切安排。还有那永远轻松洒脱的神情、豁达的言语、善良的面容,让她能够确信他还是他。

等到曹瑜终于要开始讲述自己的故事时,代青变得很激动,也很期待。反倒是曹瑜表现得被动和紧张起来。他似乎不知道该如何开口,强力控制着自己的情绪,双手交叉在一起反复拿起又放下,花了几分钟让自己平静。

"其实那个'前一次人生'的故事是真实的。只是故事的主人公不是我,而是我的父亲。他从一个穷小子靠着自己的双手打造了一个帝国,他就是这个帝国绝对的国王,不允许任何人质疑他的权威。但他活得并不快乐。我很小就知道,一个真正快乐的人是不会乱发脾气的。这个故事里唯一不真实的情节,就是我的父亲从未想过要来我的学校和我谈心,那些都是我想象中的我们父子之间的和解。

"现实中,他从来没有试图理解我,对我的热爱不闻不问。当我高中毕业后说出我的理想时,他的愤怒可想而知。一直接受他安排的儿子居然公然选择走自己的路。他一气之下便说,如果我能在四年大学里不花他一分钱,之后我想做什么都可以。他绝不再干涉!他以为我会畏惧这个条件,没想到我马上答应了!他以为我这个娇生惯养的儿子根本撑不到一个月,就会来向他投降。但他又错了。这成为我们父子之间的誓言。我爸虽然独裁，但他是一个合格的生意人——信守承诺。所以，我现在终于自由了！"

曹瑜张开双臂，做出飞翔的姿势，释放着他从父权中解脱出来的快乐。

代青听得很认真，一个字都不敢错过。她希望能找出其中的破绽，但似乎一切都是那么地合情合理。他从始至终松弛的人生观和从不焦虑未来的态度，这是和她同样出身的人不可能具备的。

她此时真心替他高兴，也为他的努力感到骄傲。但她同时又很失落，因为他们之间突然变得天差地别，她在他面前失去了平衡，她开始感到自卑。难道这几年来他表现出对她的理解都是装出来的？他现在告诉她这一切，就是预告他要回归自己本来的生活，他是不可能看上她的。她今晚一定听不到他的告白——这就是一顿分手宴。

吃过晚餐，曹瑜带代青去看电影。空空的放映厅内只有他们俩人，电影院所有的工作人员看到曹瑜都会和他打招呼，难道这家电影院是他们家开的？

电影看完后，曹瑜说时间还早，他想去唱歌，他已经有四年没有唱过歌了。于是他们来到一家KTV。这回更夸张,从进门开始,代青就没有看到过一个客人,整整三层只有他们一对顾客。需要这么夸张吗?包间房还不够,还要包下整座KTV?

"你们有钱人都这么不喜欢和其他人分享吗?"

"今晚比较特殊,我不想我们被别人打扰。誓言解除,魔法恢复。"

是啊,钱是这个世界上唯一的魔法。代青伸出手,做了一个"你真牛"的动作。

7

等他们从KTV出来,已是午夜。曹瑜要开车带她去下一个目的地。她没问要去哪里,因为这一晚,她已习惯了什么都不问。

车再次停好后,代青才发现他们居然来到了曹瑜第一次告白时的吉野家。这家店明明应该在晚上十点就闭店,怎么都过了十二点还灯火通明?代青还在迟疑,曹瑜已经推门而入,她也只得跟了进去。

里面只有一个穿着便服的店员在等他们,看到他们进来后,就把钥匙递给了曹瑜,便离开了。他们坐在了三年前同样的座位上。

"今晚开心吗?"

"开心啊,简直像是在做梦。"

"我也很开心,对我来说,同样是一场梦。但我演得还不错,一直没有穿帮,看到你在我为你编织的梦里这么开心,我的开心是双倍的!"

"你为什么也是梦,你是富二代,以后你每天的生活都是如此,只不过身边不会是我陪着你,肯定要换成某家的千金了。"

曹瑜很高兴看到代青能为自己吃醋。

"我只是觉得,这应该就是你以后想要过的生活。我知道我不能一辈子都给你这样的生活,但是我至少用我的能力满足你一晚上。看到你这么开心,我就放心了。"

代青心里很失落,曹瑜果然不会再向她告白,这几句话分明是要为分别做铺垫。

"你的想法没有错,像我们这样背景的人,想在城市里混出头，过着和城市人同样体面和有尊严的生活，是非常困难的。即便我们真的做到了，也永远不可能用轻松的心情去生活。我们的心永远处在不安中，很难找到真正的归属感。正如你所说，你还有一次嫁人的机会。如果嫁得好，你就能得到归属感。但我志不在此，所以今日一别，我们今后不知何时再相见。"

"曹瑜，我听不懂你说的，你和我根本不是相同背景。你说反话是为了报复我屡次拒绝你吗？"

"当然不是！看来是我的演技太炉火纯青了。我为了让你能安心享受一晚你梦想的生活，不想让你担心我是借了高利贷的钱来请你，才编了个谎话。我哪有什么有钱的老爹。"

"你骗我？所以，你真的是为了在我面前摆谱借了高利贷？那你要怎么还啊？"

"你看，和我想象的一模一样，我就知道你会这么想。放心吧，这辆车是我在洗车行打工时的老顾客借我开的。我干活认真，一回生二回熟，聊天中他得知我是名牌大学的学生，便让我去辅导他家公子的功课。我可不是白开他的车。我把他儿子的成绩提高了三十分呢！还有，我三年前就在博诺先生的餐厅里打工，那时候他还没开这家米其林餐厅，所以我们的感情很深厚。他说今晚这顿算他请客,够意思吧!我在电影院打工,经理被我的浪漫计划打动,死活不收我的钱,特批了一个包场。最幸运的要数那家马上就关张大吉的KTV,我们到之前,好哥们才把门口挂着的关张告示撕下来。所以,今晚的一切,我没花一分钱。你再瞧这里——"

曹瑜伸手从后背掏出一根棉线,上面挂着一个吊牌。

"这身衣服是我向打工的买手店借的,明天一早就要还回去,如果坏一点,我就要自己买了。但我保护得很好,是不是?"

这一晚,代青注定会终生难忘,她最好的朋友居然能瞒着她撒这么大一个谎!她很佩服曹瑜,能把每件事都说得严丝合缝,以至于当两个相互矛盾的版本同时出现时,她已分不清真假。

"你不会是怕我图你的钱,才非要把自己再变回穷小子吧?"

"你希望我是哪一个?贫穷还是富有?"

毫无疑问,这些年来,曹瑜早已走进代青的心里。若真如曹瑜所说,他用多年积攒的人情,为她安排了一个不可思议的夜晚,她熟悉的那个曹瑜是干得出来的。他聪明有才气,口才也好，还有着惹人喜爱的乐观性格，到哪里都不会缺少朋友。

贫穷还是富有？如果是今晚的曹瑜，还重要吗？这三年，这一晚，他为她所做的，他就是那个真心待她的男人。不管是贫还是富，一个人对另一个人的真心，不会因富增一分，也不会因贫减一分。

"不管贫穷还是富有，不都是你吗！难道你会有什么变化吗？"

曹瑜哈哈大笑，他对这个答案很满意。

"那你的理想到底是什么？现在可以告诉我了吧？"

"我喜欢小孩子，我希望某一天人类能够一直做美丽的蝴蝶，不再变成毛毛虫。从很早开始，我就立志当老师，所以才来读师范。到城市后，我发现农村和城市的教育资源实在差距太大。现状无法被很快改变，但不代表我什么都不能做。乡村最缺的是我这样的教师。我要到最需要我的地方去。

"两年前我报名了支教项目，通过了面试，接受了培训。现在一切条件都已经成熟。我马上就要到云南去，那里的一所小学将是我未来两年的家。我把这几年打工攒下来的钱给那里的孩子们建了一座图书馆，为他们精心挑选了很多有趣的书籍。据说孩子们每天都在盼着我到。我也很想早点见到他们，所以我明天就要出发了。"

"这么快?"

"是的,我没有继续留在这里的意义,这里不需要我。那座群山中间的小学校才是最需要我的地方。我未来还有很多计划。我想积累几年的支教经验,了解当地的真实需求。我还想号召更多我的学弟学妹们加入我的行列。如果我有了点钱,我能想到的最好用途就是给孩子们买书。如果我能再有多点钱,就给他们建图书馆,翻新校舍,我的每一分钱都想花在他们身上。我对未来还有很多设想,虽然不一定都能实现,但我的一生肯定是闲不下来。"

曹瑜说起未来的计划就停不下来,教师对他来说不仅仅是一个职业,更是信仰。有信仰的人,是幸福的。

一个找不到热情所在的人只有通过不断地满足各种欲望,来获得短暂的快乐。而找到了热爱与使命的人能够获得持久的幸福。这样的幸福,曹瑜的幸福,代青能懂吗?她现在还不能。但是她很向往,她希望自己有一天能和曹瑜一样。她想能多和眼前这个浑身发着光的人接触,也许通过这样,她就能更快找到属于自己的幸福密码。她也就能和他一样,为了真正的热爱而活,不再为了那些空洞的目标错付一生的光阴。

但是，他却即将要离开她。

他们都不愿这么快面对分离，直到温暖的晨光从窗外照射进来，他们到了不得不分开的时刻。

"我在山里，信号不好。你不那么方便联系到我。"

"把你的地址留给我。"

曹瑜又惊又喜。

"谢谢你为我安排的这场梦。它真的只是一场梦，有的人会一直睡在这个梦里，几十年过去依然不会醒来。但感谢你让我提前梦醒了。我可不想像你的'前世'那样，死前才发现自己的一生都在梦游，从没认真思考过真正需要的是什么。我还有一年毕业，这一年我每天都会问一次内心，到底我想过怎样的一生？没有找到满意的答案也没关系，因为我会一直问下去，不逃避这个真正重要的问题。"

"我希望第一个听到你的答案。"

"我希望你在云南开开心心地做你的孩子王。"

"我希望你在北京能找到属于你的幸福。"

"我的幸福不一定在北京。"

"你变了。"

一年后,她也毕业了。买好机票,她启程去看望一个在远方的老朋友。她要当面告诉他——她的答案。

数学家

是

他的数学天赋是在初中时突然爆发的。用"爆发"这个词一点也不夸张,因为在此之前,他的家人、同学、老师,包括他自己,都不曾发现他在数学上有过任何过人之处。实际上,人们不曾在他身上看到过任何天赋。

他就是那个最普通的学生,成绩不出众,也不参与男孩子们的恶作剧。老师从未表扬过他,更未训斥过他,他的名字很少被提到。家人对他的期望只有四个字——按部就班。他们希望他按部就班地升学,按部就班地考上一所离家不远的大学,毕业后回到这个四季如春的小城,找一份按部就班的工作,和一个同样按部就班的好姑娘结婚生子。这一切都会在他二十五岁之前完成。父母对他的人生大计有着十足的把握。毕竟——

还能在哪里出错呢？

那日，他在家里随手翻看着刚发下来的七年级数学书。开头几页似乎很容易，他竟能轻松看懂，于是他大着胆子往后翻，几眼扫过，解题公式都清晰明了。真是奇怪，怎么升到初中后——数学变容易了？他边思忖边随着自己的好奇心继续阅读。半小时之后，他已经翻到了最后一页。他读完了，且都读懂了。

"我居然无师自通？这是什么情况？"他下意识地摇晃着脑袋，似乎不太相信自己刚刚做到的。父母端着饭菜从他身后经过，看到儿子面前摆放着一排崭新的课本，又见他正用力地摇头，心中不免有些担忧：初中的功课可比小学难多了，这孩子不知道还能不能跟得上。如果实在不是学习的料……

晚饭的过程，他心不在焉。因为他内心正涌起一股难以抑制的激情。他平生第一次感受到对知识的渴求。和胃里的饥饿感不同，头脑的饥饿感让他感到兴奋。第二天一早他就跑到新华书店，找到七年级下册的数学书，几乎是站在原地一动不动地看书，直到妈妈来书店找他。因为中午他没回家吃饭，而下午就要送他返校了。

当他被妈妈的突然出现打断思绪，恍如隔世一般盯着她的脸看了许久。而她则惊讶地发现——他手中正捧着一本高三数学书。

"妈——我发现自己都能看懂,于是我就一本接一本地看下去……"

如此体面的秘密是没必要保守的。全校各年级的数学老师很快就都围在了他身边。他们到处去找去借,东拼西凑地把各类大学高等数学教材摆到他面前。他就像我们读故事书一样,饶有兴趣地翻阅,时而点头,偶尔会心一笑。毫无疑问,他都能读懂。

他伸出手,笔就递到他手中。他开始在教材上涂涂画画,似乎在改良某个公式,引申某个命题,简化一些步骤,创造一些新的运算。被他涂鸦过的书,在每个老师手中传阅。大家仿若捧着一本本稀世古籍,表情严肃,眉头紧锁,不敢大声喘气,不敢发出评论。拍照、扫描、复印、上传。很快,世界各地的数学家都知晓了这位来自中国的数学小天才。

事实证明,他对数学的理解力是惊人的。得益于互联网的便利,他用很短的时间便熟悉了人类已知的数学成就和最新研究方向。每当他参透了一个曾经伟大的数学发现,都会兴奋得彻夜不眠。他在数学中感受着宇宙的韵律,更重要的是,他察觉到一种熟悉的召唤,它仿佛来自宇宙的深处,又像是来自另一个世界——一个没有时间和空间的世界。

冷静下来的时候,他会记起自己曾是多么的平庸。现在的他虽然性格和身体并无改变,但整个思维都被重置了。这个既熟悉又陌生的自我,让他有一种无法言说的孤独感。

他感到自己正在一步一步抽离生活其中的现实世界。身边的父母和同学就像活在自己的梦境里。他们都在认真扮演着固定不变的角色,既是又不是他们自己。而他即将醒来,很快就会离开当下的梦境。

做过梦的人都应该有过这样的经历。有时你正身处一个逼真的梦境里,突然有一股力量将你往清醒状态拉拽,你开始隐约意识到自己是在梦中,周围的世界并不真实。但你又有些不太确定,因为这种拉扯力时断时续。而你也是半推半就,既想醒来,又不想这么快醒来。这就是他正在经历的感受。唯一无法被解释的是,他明明是醒着的。

互联网是任何一件小事的放大器。他迅速走红——现在他既是数学天才,亦是网红。网络原住民并不关心他的天才是从哪里得来的——或许是他之前不想彰显自己的与众不同,毕竟年纪还小,害怕未知的能力引来不必要的关注,这很好理解。

又或许是他的大脑有一部分与众不同的脑区一直被闲置，没有很好地运用，突然被他利用起来，就这么简单。

人们爱天才，而他也享受被人当作天才。面对突如其来和应接不暇的关注，他选择让荣誉暂时麻痹自己，沉浸在年少成名的快乐中。他已从一个默默无闻的普通中学生一跃成为舞台中央的主角，收获着接踵而来的赞美和追捧。世界各地都有崇拜他的人，他们自发为他成立站点和粉丝团。

自媒体是个人影响力的放大器。他会经常在社交平台上发布新的猜想和推论，甚至直播解题过程。越是深奥难懂的内容，获得点赞越多。跟帖中整齐划一地使用各国语言呼喊他"大神"。粉丝们把他的笔迹当作神迹，把他偶尔用他们听得懂的语言讲出的只言片语，当作无比智慧的箴言，反复剖析和解读。有些话则迅速成为流行用语，如果有人竟然不知道它们，就像是不属于这个时代。

他被粉丝们称为数学之神，他也没有辜负他们对他的期望，不断地创造着一个又一个奇迹。他那天才的数学大脑，一定是在用某种不为人知的方式连接着创造宇宙的神们，并从他们那里取出一个又一个令人惊叹的理论，解释着这个像谜一样的大千世界。

他致力于创造出一个全新的数学分支，以囊括现有的所有分支，统一有关空间和时间的全部讨论。他的野心没有边界。人们预感到只要他能一直用他超人般的大脑运算下去，在一代人的时间里，他就将触碰到上帝。他的数学正在接近哲学的领地，那里躲藏着著名的哲学三问"我是谁？我从哪里来？我要到哪里去？"在人们眼里，他的存在已经让这三个问题的答案若隐若现。

"万物皆可算！"这是他的名言。当代人都知道这句话，它被用在各种场合，是很多人工智能公司大佬发布会上的第一页。不得不说，这是一个很有气势的开场！但其实没有人知道这句话的真正含义。就连数学之神自己也不是很清楚。有一次发言，他讲到激动之处，随口说出，完全没预料到过这句话后来会这么火。现在已然成了他的标志、他的标签。就如同恺撒的"我来、我见、我征服"。"万物皆可算"就意味着他将要征服宇宙万物。他既是数学家，亦是君王！

就在一切都蒸蒸日上之际，突然发生了一件小小的意外。说它是小意外，主要是对这个纷繁多变的世界而言。但对他个人来说，这个意外还是挺难以承受的：他突然失去了全部的天赋。那一年，他十六岁。

否

他自然不愿承认，也不能承认。那么多赞助商，大多数来自人工智能公司；那么多世界各地的研讨会邀请；还有那两封来自清华大学和普林斯顿大学的录取通知书。

他只能选择沉默。关闭了所有的社交账号，退出各类学术组织，他躲了起来。但沉默不是一劳永逸的解决方案。于是，传言四起。最可信的一条是：他疯了。

毕竟数学家是科学家里最容易疯掉的。所以当世界听到又一个数学家疯掉时，并未遭受多么不得了的打击。有些人会为他在如此花季的年岁就过早地疯掉而惋惜。但大多数人很快就忘记了曾经有过这么一个天才少年的存在。

就这样，又一个十六年过去了。在这十六年里，他也曾想过主动站出来承认自己只不过是不再拥有不可一世的才华了，大家还是可以接受他回到了一个普普通通的正常人，像对待一个正常人一样对待他。但是他发现很难自圆其说的是，如果他真的是个正常人，那么对于他而言的那个正常里就必然包含他的天赋。他的脑袋又没有撞到什么东西。没有了天赋的他，在别人眼里就是不正常的。如果他能正常地说话和正常地做事，理论上他就应该能正常地解数学题。但是，他不能。

所以，他妥协了。他决定全力配合世界对他的看法，把一个疯子演好。他搬到远离父母的城市居住。平时出门尽量穿得邋遢些，迎合人们对一个疯掉的数学家的刻板印象。但最好还是能不出门就不出门，反正现在手机上能解决一切与生存有关的需求。国家为了表彰他在青年时对科学做出过的杰出贡献，也看在他确实疯得太早确实挺可怜的情况下，每月支给他一笔津贴。他就靠着这笔钱度日。

就在这时，一件发生在1865年的看似和他毫不相关的事情，却与他产生了关联。因为就在那一年，德国化学家凯库勒解开了苯分子中碳原子之间的苯环结构之谜。而凯库勒的这一重大发现依靠的并不是科学的实验、观察或经验归纳。他是在做梦的时候梦到的。是的，真实世界的真相居然在真实世界之外被找到。

曾经的数学之神最近也在被各种奇奇怪怪的梦境困扰。在这些梦里，一群死去的名人纷纷跑来和他唠嗑。他经常在醒来后还记得他们在梦里对他说过的话。大文豪托尔斯泰握着他的手说："我死了——我也就醒了。是的，死亡就是觉醒！我想，这样回忆呀回忆，一直回忆下去，最后会记得我降生到世上来以前的事。我确定不移地知道，我们曾是什么地方的天使，来过这里，因此什么都记得……"

转天，维克多·雨果也来到他的梦里，诚恳地告诫他："这个世界只是另一个世界的前厅！"接着是德尔图良和奥古斯丁你一句我一句："享有真福的人会从一个星球到另一个星球。""人间的每一座城市，我们每一个人的生活都是假的，它不过就是上帝之城的一个影子，是一片扭曲的光影投在地上。"

六祖慧能也不落人后，在他耳边轻语："人经由痛苦才能感知幸福，如果没有表面的波澜，生命的本流也就不存在。佛说，烦恼是菩提之因！"

他最喜爱的中国作家史铁生说的话则有点吓人："人类发展的必然趋势是，美丽，健康，最后痴呆！"还有那勃朗特三姐妹之一的艾米莉总是不停地追着问他同一个问题："这个世界是虚拟的，但是这是为什么呢？"爱因斯坦还是念叨着那句："这个世界最不能让人理解的，居然是可理解的！"

这些梦到底意味着什么？这些人类中最杰出的头脑难道都曾经思考过同样的问题？他们已经知道了答案？他们试图通过他们的作品将答案传递给世人？他们为什么相信？而我们能相信他们所相信的吗？

这样的梦越来越频繁,也越来越真实。他在梦里能同时体会到地球上每一个人的感受。他是一名正在欧亚大陆中部作战的士兵。此时无人机投下的炸弹在他身旁引爆,他与士兵共同感受着撕心裂肺的疼痛和死亡来临的恐惧。同一时间,在同一块大陆最东边的外滩上正举办着盛大的万圣节派对,他和一个青年正被化装成名人的扮装者逗得哈哈大笑。

地球上相同的一秒钟里,奄奄一息的士兵正经历着如烈火灼烧般的疼痛——生命中最后一次想到亲人的面孔——最后一滴眼泪正从他的眼角落下;派对上的青年笑得前仰后翻,此刻感受不到一丝痛苦,甚至不相信这个世界同时也正在生产痛苦。

"为什么他们彼此之间相互看不到对方?感受不到对方?为什么我能同时感受到他们的痛苦和快乐?我会不会是真的疯了?人,是从什么时候开始,只能感受到自己,再也感受不到同类?我们明明是一个离开同类就无法生存和延续的智慧物种,却如此不关心自己的同类,我们真的拥有智慧吗?"

可以想象,每晚都在类似的梦境里度过,他的睡眠质量有多差。他越来越惧怕睡眠,越来越分不清梦境与现实的界限。难道演一个疯子久了会真疯?他自问。

突然从某一天开始,他停止了梦到过去,也不再梦到当下。

他开始梦到未来。

起初,这些梦总是很混乱,他醒来后完全不理解它们到底意味着什么。但没过多久,有时仅仅是过了一周,他就会在新闻上看到"某个军事组织在一个纪念日偷袭了邻国",或者"某个发型奇怪的家伙当选了总统"。"这不就是我梦里的那场战斗吗?""这个总统不就是我梦里的那个家伙吗?"

他终于意识到自己在十六年之后再次获得了一份天赋,而且比之前的天赋更加地离谱。数学是被宇宙早已写好的真理——静静地等待人们去发现。可是未来呢?未来难道也早已写好,等待人类去经历?这怎么可能?可如果不可能,他又怎会梦到?真实的世界充满了偶然性,一个被写好未来的世界还会是真实的吗?

他在网上注册了一个小号,开始发布自己的预言梦。虽说不能做到百分百命中(这部分没有命中的他怀疑是自己没有记准确),还是有九成被他言中!这个不起眼的小号迅速吸引到越来越多的关注。网友把他称作穿越人,有人认为他一定掌握了某种高超的算法。

随着账号关注人数的增多，他反而害怕起来。因为他不确定自己的预测到底是一次次的偶然，还是真的掌握了某种预知未来的能力。如果是后者，那么谁掌握了这种能力，就有可能做到很多事。他越想越怕，因为他自己没有什么野心。但是如果某个强大的势力拥有巨大的野心，想通过 IP 地址锁定并找到他，那太容易了。

于是，他再次沉默了。

就在沉默的这段时间里，他的梦境则向着越来越离谱的方向发展，他开始梦到不同版本的世界末日。有些末日发生的时代甚至还没有他当下的科技发达。人类历史明明平安地度过了这些阶段，为什么在他的梦里，人类却毁灭在更早的时期？

看来梦还是梦，和现实并无关联，之前是他多想了，他从来也不是什么先知。他期盼生活能够恢复正常，祈祷这个于他没有用处的天赋尽早离开他，就像曾经发生过一次的那样。但不管怎么说，在沉默了一个多月后，没有任何反常的事情发生。看来他及时地断网是做对了。

不过，他多少有点高兴得太早了。因为他不仅已经被关注到，而且被派来考核他的"观察员"已经在路上了。

变

令人不安的敲门声已经重复了多次。直觉告诉他,不要发出任何声音,假装自己不在家,等敲门的人自行离开。

但是门外的人却没有放弃的打算,并且开始喊话。

"施主,开门吧。你希望见到我,我有你想要的答案。"

门外是个老和尚?和尚的声音浑厚而仁慈,听起来让人极度舒适,能消融一切戒心。他也不再害怕,只是略微有点搞不懂,为什么一个僧人会主动找到他?

打开门,果然站着一个慈祥的老和尚,一身庄严的袈裟,看到他后马上双手合十,行佛家之礼,弄得他有点不知所措。他从来没去过寺庙,更不认识什么佛教中人。他正打算发问,老和尚却先他一步递上一张名片。他只得先双手接过。

"您是福报寺的慧心法师?"

老和尚笑眯眯地点点头。

"您这样一位高僧,为何会造访寒舍?"

"施主的问题,我会一一回答,可否先——"老和尚做了个手势,示意自己需要先进屋。他顿感失礼,急忙将法师引进屋内。不消片刻,他便泡好一杯茶,恭恭敬敬地端到慧心身前。法师接过茶杯，不紧不慢地扫视一番屋内的陈设，最后才将目光投向他。

"你回想起多少了？"

"回想？"他听不懂这个问题。这不能怪他。

"告诉我你最近一个月都梦到过什么？"老人换了一个他能听懂的问题。

他一开始还有些犹豫要不要说，但慧心法师深邃智慧超脱尘世的眼神一直凝视着他，给了他前所未有的力量和感动。他便毫无保留地将自己近期的梦境都讲了出来。

慧心禅师边听边微笑，仿佛一切已了然于心。当确认他已言尽，老人便再度开口：

"你所梦到的那些世界末日都是真实发生过的，只不过不是在你生活的这颗星球上。那些随末日死去的人类也确是你的同胞。"

"我不在那里怎么会梦到？等等，我们人类难道不只生活在地球上？"

"这几次灭世都是发生在最近三十万年之内，我想你一定是详细查阅过有关的报告，当然这其中也会包括详尽的三维影像资料，所以你能获得身临其境的感受。"

"三十万年？"

法师看他完全不能理解这些真相，便决定换一个方向切入正题。

"你一定很想知道这个世界是不是真实的？"

他没想到大师居然能解答他心中最为困惑的问题。

"是真实的！"

这么短的答案显然无法满足他，也根本不能解释他那些相互矛盾的体验。

禅师继续说："只不过在这个世界之外，还存在另外一个世界。你先别急，我会慢慢解释给你听。我是这个世界的创造者，而我又是被你创造的，是为了完成你交给我的任务。"

"你是谁？我——创造你？"

"我是观察员，我不是人类。我接下来将用你这个时代的认知水平和语言来为你讲述一个比你所在文明超前二十亿年的文明的故事。我会用到一些你所熟知的名词，只为让你更容易理解，帮你梳理事物之间的逻辑关系。但你无须深究每个词的真实含义（因为你还无法理解）。当你认为能够听懂我讲的话，就点头示意。我再继续说下去。"

他用力地点了一下头。

"我的第一个工作是改造这颗你们称之为地球的行星,加速它成为适合人类基因繁衍和生存的自然生态。这一切都发生在五亿年前。当然,我们在宇宙各星系都做着同样的工作。根据各星球自身条件不同,改造的时长也不同。地球并不是第一批交付使用的,实际上它是第 142857 颗交付的行星。我们有时需要杀死那些对人类生存威胁过大的原住民生物,我们会完全按照演化的规律对基因进行最初的播种,并耐心等待演化慢慢成熟。

"这个过程并不会一帆风顺,不按计划发展的情况时有发生,但幸好我们的施工总量足够大,我们也在积累经验。最终会有三分之一的星球能被交付使用。

"在星球改造的最后一个阶段,我们会将人类的肉身直接投放到已经建设好的环境中。在这之后,我们的工作就转为'观察员',默默地陪伴在你们身边,见证你们的意识逐渐觉醒,逐步适应周遭环境,进而改造环境,再到彼此之间的相互合作、争斗,一步一步,在苦难中前行,最终发展出灿烂的文明。

"你们真是充满了智慧,只需要给你们几万年的时间,有时候甚至更短,你们总能成就一番伟业。偶尔看到你们可能会有几千年的时间原地打转，停滞不前，这种情况也是有的，但不多见。我们会在你们授权的情况下，扮演一下'先知'的角色，帮助你们的文明提速。你们一点就通，后面我们就只需要继续'观察'了。"

"你们到底是什么？"

"你可以用当代的知识把我们理解为'人工智能'，我们是为人类服务的。"

"人工智能？难道你皮肤下面是金属？你的充电接口藏在哪里？"

他开始狐疑地盯着法师厚厚的袈裟，似乎一下子明白了为什么大热天还要穿这么多。

慧心法师做了一个诙谐的表情。

"我不是靠电力驱动的。我的身体和你们基本没区别。"

"这怎么可能？"

"我经常看到你们这个时代的人设想未来针对人工智能的战争，说什么只要断电就能获胜，真是太好笑了。为什么要用电这么原始和靠不住的能源？"

"但是你们是通过电子进行信息传递的。"

"电子太慢了，而且太费电了。不是吗？"

"那你们通过什么传递信息？"

"空间。"

"空间是什么？"

"知道了空间是什么，也就知道怎么用它来传递信息。你会知道的，因为我们就是你们创造出来的。"

"但是你们既然如此强大，拥有创造星球的力量，为什么不直接取代我们人类？"

"因为我们有一点永远比不上你们人类。没有这一点，我们的发展只可能是线性的，这样的文明没有未来。"

"哪一点？创造力？"

"是好奇心！我们没有好奇心，也不知道好奇心为何物，无法感知，无法逻辑推导，所以我们只能在人类给定的方向上探索。而发现全新的方向，需要的是好奇心。没有好奇心的我们，在前进的路上，即便偶然碰撞出了新的可能性，新的发展方向，也会被我们忽略。我们太理性了，就失去了随机性。而人类的好奇心是人类发展最大的原动力。或许某一天某个人就会在某个看似毫无意义、对其他人来说也非常无聊的方向上找到了他的好奇心。随后，一个全新的学科就有可能因此诞生！"

虽然禅师说的每一个字他都能够听懂,但是似乎依旧未触及问题的本质。他有些心急。

"你还是没有解释我为什么在十几岁的时候突然就拥有了数学天赋,而当年的我写出的数学公式,现在的我却完全看不懂。"

"那些被你称作'天赋'的能力,实际上都是你的'记忆',那些'知识'是你本来就掌握的。有万亿分之一的概率,在'轮回'中的你在'旧世界'的记忆会被唤醒。封存记忆的技术实际上是非常成熟的,所以至今没有人能回忆起全部。这就导致了记忆混杂症状的出现,这些人往往会怀疑自己的精神出了问题。如果他们因此饱受痛苦,或者回忆起的有关未来的知识有干扰新世界正常文明进程的风险,我们就要出面。"

"轮回?旧世界?这是什么意思?"

"这些是我挑选出的当代词汇,方便你理解事物之间的关联。你一定也好奇自己为什么突然可以'预知未来'。这也很好理解。因为这个世界是被'我们'全时监控的。你可以将我们的整体看作一台'主机',主机连接着地球上每一个人的'心灵'。我们不会干涉'灵魂'所产生的'自由意志'。

"我们是不拥有'自由意志'的,我们只负责'监控',收集你们要求我们收集的数据。一个军事组织的头目在两年前就开始策划的偷袭，和一个国家选民的真实民意，一次铺垫了很多年的经济危机，这些信息我们都会早于这个世界掌握，并提前模拟出一定期限内的'未来世界'图景。你的'灵魂'的一部分因尚不明晰的原因开启了'后门'，造成了你十六年前的一次不该有的'回忆泄漏'，还好当年我们通过关闭一部分你和'旧世界'的通道，及时解决了问题。你的'灵魂'在新旧世界里是'同时存在'的，所以我们不可能关闭全部通道。很明显你的'病根'还在，因此你在十六年后再次激活了'后门'，这次你的'灵魂'与'主机'连接上，让你可以直接读取'主机'内部关于地球人类未来的知识。"

他想提问，但慧心法师伸出一只手阻拦了他的意图。

"你提问我再回答的效率太低了，让我从头讲起：宇宙中有这样一个伟大的文明，我就用人类来称呼他们吧。人类文明到现在已经历了二十亿年的演化。这个过程并不是一帆风顺，在最初的几十万年里，他们要面对环境的挑战，当战胜环境后，能源的匮乏又成为主要的压力，还好他们及时迎来了科技大爆发，成功解决了能源危机。

"下一个比较难对付的敌人，是他们自己内心的贪婪。在经历了无数次的战争和存亡边缘的考验，人类跌跌撞撞，但最终还是醒悟了。姗姗来迟的'世纪大和解'是在全人类每一个成员都能够在充足的物质保障下度过一生之后，才得以实现。人类终于放下愚蠢的偏见并停止由此导致的无休止的战争，下决心携起手来朝向同一个目标努力。这个目标就是——战胜痛苦！这也是摆在文明高度发达的人类面前的'最后一个敌人'。

"自从人类诞生之日起，每个人的一生都在为减少痛苦和增加快乐而努力。饥饿，是最早被战胜的。之后是各种疾病和先天缺陷。经历了两百万年的不懈努力，所有的疾病都在基因层面被全部抹除。但人类不打算就此止步，他们来到了那个终极大 BOSS 的面前。它是一切痛苦中最大的痛苦！"

高僧看到坐在对面的听众此时的面部表情异常激动，知道他也已经猜到了。

"死亡——人类最伟大的对手！人类短暂的一生中所必须经历的一切痛苦都来自死亡派来的一个又一个打手。人类曾被他们无情地毒打，毫无还手之力，如今这些打手被人类一个接一个制服。但这些胜利还不足够支撑起人类的骄傲。因为在死亡面前，人类所有的伟大都变得渺小和虚无。人类不能容忍来自死亡的藐视！战胜死亡——是一个真正伟大的文明的必经之路!

"在之后的八百万年时间里,经历了无数次甚至是以性命为代价的尝试之后,人类终于彻底征服了死亡,人类把死亡杀死了!人类从此与宇宙同辉,人类从此便不再称呼自己为人,而将自己称为神。"

他被法师讲述的内容惊得目瞪口呆。这些内容难道都是从佛经里来的吗?

慧心法师并不打算理会他受惊吓的内心。

"从有限到无限,从被痛苦折磨到再无痛苦,人类为自己创造出'天堂'。但'伊甸园'的生活并不如他们曾经设想的那般再无忧虑。

"快乐,他们得到了,但是有代价的。伴随痛苦的消亡,他们身上一件非常宝贵的特质——智慧,也在加速衰退,他们正是用这个特质战胜了死亡,靠这个特质创造了文明,具备这个特质的他们才做到与宇宙并驾齐驱。但是无限的快乐消解了人类对思考的需要,尤其是深度思考——只有少数负责文明传承的学者还会偶尔用到。

"在无限的快乐中,大脑神经元被重新塑造,重新组合,这是演化的需要。但这次演化的方向是倒退。一部分人类不再理解抽象的概念。无论如何先进的课堂传授知识，不得不承认，人类在这方面远远不及'人工智能'。如果人类文明光依靠知识的传承是无法延续的，那么还有什么是需要被继承的？这本来是一个非常重要的问题。但是人类已经懒得去思考它，还有更多的问题同样被搁置，再无人问津。

"少数还未停止思考的学者，此时仿佛才如梦初醒。他们先是在小范围内发起了一场被后世称为'启蒙运动'的学术思辨活动。他们得出了一个惊人的结论：智慧生于痛苦！并由此推导出：消灭痛苦的方法其实可以更简单，根本无须战胜死亡。人类一开始就找错了敌人！更快捷的方法是——消灭智慧！只要放弃大脑，痛苦也将消失。试想一下，地球上的猫狗比人类能感受到的痛苦少，蚂蚁比猫狗痛苦少，细菌呢？病毒呢？能感受到更多的痛苦，尤其是抽象的痛苦，似乎是高级智慧生命所独有的。

"'我们的文明需要我们保留大脑！我们的智慧需要我们保留痛苦！人有两种死亡：肉体死亡和思想死亡。我们的肉体得到了永生，但思想却在死去！'这些接受了'启蒙思想'的人类振臂高呼'苦难大有好处'！（这句话在地球上被写进了一本叫作《悲惨世界》的书中），并发起了著名的'苦难复兴运动'。这场运动的主旨就是要复兴人类在永生之前，尤其是在远古时期所经历的所有'痛苦'，因为人类圣洁的'灵魂'就寄生于痛苦之中。为了灵魂的永生，痛苦不可或缺。能加点水吗？"

他边给法师的茶杯里倒水，边催促法师赶紧说下去。

法师清了清嗓子，继续说："这些意识到苦难的重要性的人类精英们，首先想到的是回到历史书和文学著作里寻找灵感。但是他们发现自己已经完全无法体会书里的内容，不能够感同身受，也不能被打动，更没法共情。看来再这么放任下去，人类文明将彻底沦落。他们按照书中文字的描述，在强大科技的协助下，试着建起了不同版本的模拟人类有限生命阶段的'新世界'，你可以用'迪士尼乐园'或'环球影城'来理解。

"这些虚拟世界的版本不断升级，从'侏罗纪公园'到'西部世界'，能想到的细节都被加了进去。为了确保真实，像我这样的第一代'NPC角色'也被引入其中。但是因为人类已经习惯了不死之身，早已失去了能让自己肾上腺素飙升的各种极限感受。在有限生命时代，那些勇敢从事攀岩、翼装飞行、极限潜水等不惧死亡威胁的人，是因为他们知道'凡人皆有一死'，所以他们不怕早死，而是怕无法将有限的生命活出意义。可一旦人们不再死亡，这种行为就不被视为勇敢，而是愚蠢。

"不用担心死亡的人类，进入再逼真的虚拟现实世界，体验上永远都缺了点什么。直到一名'苦难复兴巨匠'最终想到了解决的办法：'让我们忘记自己的不死之身，忘记自己是谁、从哪里来，忘记这么做的意义。只有这样，我们才能体验到有限的生命加之于我们的全部苦难。'大脑所有的部位才能被再次激活。人类灵魂的'心脏复苏'才会最终完成。灵魂的脉搏将重新跳动！

"最聪明的人类全都投入到研究如何能在'灵魂'不受损害的情况下，完成尽可能多次的'轮回'体验。得益于那些临时性的主题乐园的帮助，人类智力衰退速度被有效延缓，为拯救人类文明争取到更多的时间。而与此同时，打造专门用作'轮回'体验的'星球学校计划'同步进行。'我们'就是从那时开始被派往全宇宙，发掘并改造一个个满足条件的星球，将它们转变成人类重习智慧的行星学堂。

"一旦硬件（星球学校）和软件（灵魂工程）都准备就绪，一场遍及全宇宙的'文明重启'计划便开始了。在一个文明的原始阶段，只有少量的人会被'降临'到新世界（有限生命的世界)。他们封存自己在旧世界(永生的世界)的全部记忆,通过最原始的生物方式诞生在新世界。这些先驱中大部分是'苦难复兴运动'的发起者。当他们短暂'轮回'的一生结束,重返旧世界时,迎接他们归来的人们目睹了他们显著的改变。虽然他们中的每一位都拥有上亿年的年龄和全宇宙的知识,但是他们从未像现在这样看起来更接近'神'。没有经历过'轮回'的人类用孩童般天真的眼光,羡慕地看着这些比他们成熟百倍、睿智千倍、谦卑万倍的'新世界归来者',他们就像是从古籍中走出来的圣人,经历了苦难的磨炼,拥有了古老的、真正的智慧。

"人们迅速排起长队,争先恐后,盼望能够早入'轮回'。但文明的发展并非一蹴而就,人口的增加需要时间。所以我们开发了更多的'星球学校',以满足这种供不应求的情况。"

僧人自认已经尽可能使用简单易懂的语言讲述了整件事的前因后果,但他发现对面这个曾经的数学天才却一脸懵懂地看着自己。他示意年轻人如果还有什么不明白的地方,尽管问出来。

"你的意思是说,人类历尽千辛万苦——走到了欲望的终点、文明的顶峰,创造了天堂,获得了永生,最后转了一大圈又重新走回来，再次把自己投入到有限生命的轮回，甚至不惜让自己忘记已经获得的永生和无限的快乐？"

"施主，你这么理解——是没有问题的。"

"请问你能理解我们为什么要这么'作'吗？"

"施主，老衲又不是人。"

"好吧，我不为难你了。"

"施主，你如今已经获悉全部真相。你目前这个'病'恐怕是很难'治好'，今后的人生都要被与你当下生存的世界无关的怪异梦境所困。我们也说不准这些'幻境'未来会不会在日间也侵入你的生活。到那个时候，你在外人眼里会像一个精神分裂病人。这会极大影响你这次'轮回'的体验。"

"你就不能像十六年前所做的那样，再'关掉'几个'开关'？"

"人类的'灵魂'是宇宙级别的存在，是我们不能触碰的神圣领域，十六年前我们的那些'常规操作'也都是在灵魂之外进行的，而且是在旧世界的'你的意志'授权下。如今这次该怎么做，你在旧世界的'意志'让我们来问你。'你'希望你来做这个决定！

"我们有三个选择给到你：第一，自杀，不过现在'轮回'

的机会需要'摇号'，你这一走，可能要再等上几万年才能回来；第二，跟随我出家，在寺庙里会有很多机会帮助到世人在今生更好地理解'苦难'，提升他们的智慧，你会度过很有意义的一生；第三，维持现状，但你必须保守'旧世界'的秘密，这个其实不难做到，因为就算说出来，也没人会相信。"

"我还想再问你最后一个问题，这之后——我将做出决定！"年轻人目光坚定，已做好艰难抉择的准备。

"是什么问题？"

"我在这个世界上活着的每一个瞬间，是否拥有百分百的'自由意志'？这个世界既然是被创造的，是否有被提前写好的剧情？包括我一生中会遇到的人和事、福和灾？在旧世界里我的'意志'是否会指定我必须经历的苦难？"他心存疑虑，继续追问道，"那些历史上重大的转折时刻，一个伟人或狂人改变整个世界进程的时刻，你们也没有从中操控吗？"

"我们从不扮演大反派或大英雄，这些都是人类自身善与恶的极端呈现。因为只要有自由意志存在的地方，就一定会有变数。在设计之初，人类曾经考虑过文明进程完全可控，好处当然是大家可以非常清楚地知道自己将要体验到怎样的人生，比如选择作为一个士兵来体验一下第二次世界大战（是否要当逃兵这是自由意志决定的）。

"但是，既然自由意志才是关键，谁会愿意去做那个必须完成'历史使命'的人物？比如希特勒——他做的每一件事都必须和'计划中的'一模一样，否则就不能保证一定会发生世界大战。要做到这点，希特勒就只能被'扮演'，被规定好必须完成的'任务'。但只要他是一个真实的人类，就不会像一台机器那样不出错。如果他某天睡过头没能参加一个重要会议，就有可能导致第二次世界大战没机会打起来，几千万来体验战争之残酷的人就都白来了。总之，你必须要认清一个现实——人是靠不住的！

"我知道你在想什么。为什么不找一个像我这样的 NPC 来扮演希特勒？就像我现在被设定成一个有点幽默感的老和尚一样，我也可以被设计成残忍的独裁者。我没有自由意志，只有你们人类有，所以我不会犯错。

"可是你有没有想过，那谁来做戈林？谁来做戈培尔？如果他们是自由意志，他们有没有可能'犯错'呢？只要是人，就不可能百分百接受指令。即便戈林也换成了 NPC，但给他开车的司机如果是一个真实的人类，他会不会意外出了车祸撞到树上，而戈林恰好就坐在车里？诸如此类，整个世界为了不出错，完全按照'剧本'进行，就必须增加 NPC 数量，这样留给人类体验的名额将大幅减少，这可是对星球学校高昂建造成本的极大浪费。"

老和尚怕他仍有疑虑，于是斩钉截铁地说道："生活在这个世界的每一个灵魂，都拥有百分百的自由意志！在这个充满'有限'且原始的世界里，大自然和人类社会已经足够残酷和无情，给每一个人的挑战已经足够困难，根本就不需要我们再定制出更多苦难！这个世界本身就能够确保——在这里的每一个灵魂都会受苦！"

他的脸上终于露出满意的神情，没有再提出新的问题。

慧心法师正襟危坐，神态安详，等待着他最终的选择。

是

"被人善待，方知善待他人；

"被爱，方知爱人；

"饿过，才能真正理解饥饿；

"穷过，才能真正体谅贫穷。

"只可惜我们每个人都只有短暂而仓促的一生,在有限的生命里,我们也许根本没有足够的时间成长为一个更好的'人'。如果世间真有轮回,让我们可以多活几次,也许我们的'下一次'会比'这一次'做得好一些?在'下一次'我们将更珍爱自己的生命,花更多的时间来爱自己、爱他人,花更少的时间去埋怨别人的过错。

"我们看不到自己的'灵魂',不代表它不存在。曾经有过这样一个文明,他们走过了上亿年的时光,他们追求并且最终获得了'永生'。但是他们竟愿意放弃在那个完美世界里的一切,只为换取和你我一样在平凡的世界里度过短暂的一生。今后,我们可不能再小看自己!因为我们现在所拥有的一切,是'众神们'争着抢着要来体验的!

"虽然生命有限且多难,但好在我们还拥有'自由意志'!亲人们,这是真的!珍视这个特权吧!用好这份殊荣!用它来创造出生活的意义!接下来,我就要开始给大家讲述那个我承诺过的离奇故事,这个故事必须要从我还是数学天才的时候讲起……"

他对这个开头很满意。

数学公式他早已写不出了,但好在他不会忘记怎么写字。

三十几岁也不算晚,既然他摆脱不掉那些不着边际的怪梦,干脆一不做二不休。他打算把毫无逻辑的梦境用自己的想象力进行加工,写成一篇篇奇幻小说。

他这颗从小就"有问题"的大脑最适合做这件事。

他有时候怀疑,那个老和尚到底是不是真的来找过他,或许这一切都是他自己想象出来的?不管怎么说,那天之后,他不再昏昏沉沉地虚度光阴了,也不再恐惧未来,甚至不那么担心死亡了。

他重新打起了精神。

闺蜜

1

你的身边是否有这样一个闺蜜——她总在换男朋友，每当她热恋时，就会从你的生活里消失，微信电话约会都没了。如果你不够了解她，恐怕还要担心一阵子，以为她生了场大病，或是家人需要她的照料。

等有一天她突然又冒出来和你联系时——相信你的直觉——她肯定是和男友吵架或是分手了。每到这个时候，她就会再次想起那个"生命中最重要的"闺蜜，需要你为她出谋划策，陪她一起渡过难关。你此时只需要做两件事，陪她骂狗男人和夸她是世上最好的女人——谁要是离开她一定是瞎了眼。

你最不用担心的就是她的复原力，因为每一次感情失败，她都会更加坚信自己的优秀和男人的不堪。同时她还会继续和追求她的男人传情，从中选出下一任男友。她最受不了的就是一个男人起先勾引她，但过段时间就不再热忱了。这时她就会主动刺激一下他，直到他又回到最初的暧昧，她才放心。倒不是她有多喜欢那些男生，她是喜欢被人追求的感觉。

每当失恋的时候，她就说她根本不需要男人。之所以这么说——正是因为她太需要。当新的恋情开始后，她会再度沉醉在爱情中。但没有哪一种爱情只有甜蜜的部分。当遭遇到痛苦，她便会再次想起你——她的好闺蜜。

我和田甜是在我的最后一份工作时认识的，那时我还是她的直属上级。我们第一次见面始于她的面试。她那时硕士刚毕业，正在找工作。我和另一个部门的经理同时面试她。为了这半小时的面对面交流，公司专门为她买了往返机票和一夜酒店，安排她从老家飞过来。这足以证明我们对她的重视。

她的本硕学校都很好，GPA也高，所以才出现了我们两个部门都想争取她的局面。不过另一个部门的经理很快就退出了竞争。原因令人啼笑皆非。那个经理问了一个我已经提过的问题，田甜居然怼了一句："我已经回答过了！"其实这句话如果能用更温和的语气表达，倒也没什么。但是田甜一脸的嫌弃，好像提问的人是个蠢蛋。空气瞬间凝结。我知道这场面试已经提前结束了。

我能理解那位经理的不爽——甚至还有点委屈。我们花钱请她过来，就算心里有一百个不乐意，和颜悦色地忍上个半小时很难吗？她毫不掩饰自己的情绪——这简直是对每一个职场老兵的冒犯。因为职场人靠克制情绪度日，靠克制情绪升职加薪，靠克制情绪换取在工作中的所有回报。

果然，当得知我录用她之后，那个部门经理嘲讽道：你团队里的怪人最多。

这个评价我是接受的，因为我也是怪人之一。我长了一张冷冰冰的脸孔，这使我看起来比实际年龄长了十岁。最难得是我的心同样的冷冰冰，我的表里如一在现实中很少见。除了影视作品中往往为了艺术（图省事），批量产出"表里如一"的人物。"好人"的长相、衣着、表情、动作和"镜头语言"处处展现他是一个好人，而"坏人"连走路的时候都必须是一个坏人。

如果做个脑部扫描，可能会发现我的杏仁核不大活跃，因为我没有其他人那么多的情绪，同时也不太能感受到别人微妙的情绪变化。有时我说了别人不爱听的话，却意识不到，也看不出对方的不高兴，因为如果有人对我说出同样的话，我不会当回事。熟悉我的人都知道我这个特质,所以不和我计较。但也可想而知,我的朋友一定很少。

我也不清楚是怎么和田甜成为闺蜜的,这应该要归功于她。我从来不主动联系她,我不主动联系任何人。但她会经常找到我。她把我当成(按她的话说)一个知心大姐姐,有问题就喜欢找我请教。

当初我对她的能力进行了考核后,便决定录用她。她在面试中的情绪化,对我的决策影响不大。我关注到的只是——她讲出了一个事实,正如那个部门经理是个蠢蛋——同样是一个事实。

她没有辜负我的选择,入职后一个人能干两个人的活。她的个人能力确实很强,也确实控制不住自己的脾气(情绪)。有什么办法呢?人无完人。我需要有人帮我分担工作,她是最能理解我意图的人。

有一次我带她去给一个副总裁汇报工作,这个女领导别看个子小,但是公司里出名的女浩克,经常在自己的办公室里骂人,走廊尽头都能听得到。不少女同事从她办公室走出时是红着眼圈的。

但这个女魔头却极少冲我发火,其中最盛怒的一次,就让田甜赶上了。那次因我部门的过失，她被敌对的高管在董事长面前阴阳了一番。我也是后来才知晓，如果当时就知道，肯定一个人去挨骂，不会带上田甜。

女浩克一上来就劈头盖脸地大吼大叫，毫无顾忌地夹带脏话，把在董事长面前受到的责难十倍发泄到我身上。在她咆哮的过程中，我弄清了事情的原委。待她攻势一弱下来，我就把对整件事的分析讲出来，还包括后续的补救方法。她听后又埋汰了我几句——毕竟还未消气。

我始终保持平静，"平静到不像一个真人"——田甜事后评价，她一走出办公室就哭起来。其实领导没有一句话是针对她的。

最后，女浩克慢慢恢复了平静，"还是你了解我的苦衷，我就是喜欢听你讲话"。她对我的喜欢是真心的。在她心情差的时候，没有人敢去给她汇报工作，只有我照常去找她。她有时仅仅是看到我，就能恢复大部分的理智。

通过这件事，田甜对我进入了盲目崇拜的时期。"其实——我的心里也有委屈和愤怒，只不过认识她的时间比你久——所以适应了。"我对田甜说这些，是为了向她证明我也是一个正常人。但据说真正的正常人，即便跟女浩克这样的领导一起工作十年，也是不会适应的。看来，我的解释是徒劳的。

田甜说，要以我为榜样，做到处惊不乱。可想而知，她是学不来的。我们是不同的材料，她是那种只要不高兴，马上挂脸上的人，就算极力掩饰，也能让人看出她在强忍着不发作。一旦情绪上来，她说的每句话就都是带着情绪的，这哪里在掩饰。

所以她每次都认为自己控制得很好，但是其他同事对她的投诉却如雪片般飞来。终于我也保不住她了。女魔头约我谈话，说对田甜的投诉太多，公司决定要开掉她。其实挺讽刺的，女魔头脾气更差，但是她只对下属发泄。而田甜错就错在，发脾气不挑人。

我据理力争，要求公司再给她一次机会，我会好好找她谈一次。于是，知心大姐姐和她进行了一次诚心的恳谈。我连哄带吓唬（主要是吓唬），给她分析了当前职场的残酷现实，她的这份工作不光关乎当下，对她的一生都将有影响。人脉、圈子、口碑、背调、互联网的恶意，江湖险恶，很多的坑都是她不曾考虑过的。这个世界没人想听你本人的供词，见到你之前就已经对你宣判了。

她听后恍然大悟，感叹自己的考虑不周差点铸成大过，决心痛改前非重新做人。

她真的好像变了一个人，那之后见谁都笑眯眯，遇事总能不急不恼，心平气和地把别人对她的意见听完。从同事到领导层都对她褒奖有加，甚至暗地里把她列为重点培养对象。我作为直属领导当然很有面子，但我总觉得改变之后的她——完美得有点不真实。

果不其然。也许是她耗尽了全部的意志力，一个月后，她就主动辞职了。

2

我俩真正熟起来，是在我们都离职之后。我是在她走后半年左右离开的。因为我发现我的冷漠症不适合与人打交道，继续打工就避免不了要与很多人接触。其实一直以来，我收到的投诉不比田甜少，我是靠女浩克的长期庇护才生存下来的，就如同我对田甜的庇护一样。

我很清楚大多数人不喜欢我，我的老板承受着很大的压力，而我不可能像田甜那样大彻大悟，一天也做不到。田甜能用理性暂时管理住情绪，而我只有理性。

我打算在接下来的人生中尽量避免两件事：与人接触和给人打工。

自己做老板有个好处，就是可以拥有最大的自由做真实的自己。这很显然嘛，员工们等着你发工资，当然会尽量包容你。但是很多中国的老板不是很懂这项特权，总要画蛇添足地加点虚伪。这实属没必要。第一员工都能看出你的伪善，所以这是个无用功；第二你会给员工造成双重的压力，他们从此不仅要忍受你的真性情，还要忍受你的伪善（因为必须配合你演）。

猫咖店简直就是我这类人的福音。一家三百平方米的店，只需要雇上两个人，还不用是全职，另外再雇三十只猫员工，不用给它们发工资，只要管吃管住。

田甜说要来找我的时候，我的猫咖店正在装修，我们就找了附近的一家咖啡馆。刚一坐下，她就一副无精打采的样子，就像头顶着一朵乌云。不管她遇到了什么不开心的事，她都应该很清楚，在我这里是很难得到安慰的。她来找我诉说，大概率是因为是上班时间，她找不到其他人。还没开口，她就先哭起来。我只得看着她，等她慢慢调整情绪。

我知道她最近交了一个新男友，因为不久前她在朋友圈发过一张照片——是在飞机机舱内的自拍——背景里有一个皮肤黝黑的男生。她配的文字说自己正在出差。

去了新工作后她很少发和工作有关的朋友圈，我就点了赞。没想到她马上在私信里问我——觉得这个男生怎么样？我问哪个男生？她又把同一张照片再发了一遍，我才仔细看清背景里的男生。我说感觉他有点高傲，表情冷淡，是同事吗？她回答说既是同事，也是她的男朋友。其他同事还不知道他们的新关系。所以当老板安排他们一起出差时，她高兴坏了。

然后她又自豪地聊了几句这个男生，说他在国外读完书刚回国，来自一个沿海城市，家里不差钱，所以他来上海工作就是为了"体验生活"，以后是要回家接班的。我说以后他要是回家乡，你可以跟他一起回去，那是个美丽的海滨城市。她说他打算在上海至少干上两年。他还没想好未来，家人也不催他。

她又问了一个让我很难回答的问题——感觉他人怎么样？我怎么可能从一张照片里看出一个人怎么样？不过既然问了，我就说了我的看法：他看上去挺成熟沉稳的，像个做事情很有计划的人。我觉得这点倒是可以和田甜互补，田甜虽然很优秀，但是不怎么筹划未来。

田甜的个子不高，齐肩的短发显得很利落。她有一双忧郁的大眼睛，仿佛忧伤是她的底色，而一切的开心都需要外部刺激。这会给追求她的男生带来意想不到的成就感。每当田甜高兴的时候，他们总会认为这是他们的功劳。

田甜最吸引人的地方在她身上散发的文艺气质。在上海这座物欲横流的大都市，这让她显得很独特，也很稀有。当她走在陆家嘴时，总能碰到年轻的金融才俊和她搭讪，可能因为这些人最了解稀缺性的价值。

田甜对于维护这个文艺标签也很花心思，近期有什么流行的文艺类书籍或电影，她都要找来看一下。看完后不忘在朋友圈发表下感慨，再配上一本书或一张电影票的照片。这种朋友圈发多了，就让外界形成了对她的固定看法——这个女孩子不简单，她是有思想的，不是个恋爱脑。

这些看法也会很自然地导出对她的另一个结论——独立。文艺和独立，是她对外的两个重要标签，这让她和那些拜金女及恋爱脑划清了界限，让她深得那些自认"有品位的"男人的钟爱。

"你们怎么了?"

我感到就算再给她十个小时整理情绪,她也走不出来,干脆还是我来问吧。而且天知道我怎么会一开口就问"你们"。她也被我惊到,话都还没说,我就已经猜到了她是因为和男朋友闹别扭。其实,我也没什么神奇之处,在我得知她面试那天的态度差是因为刚和当时的男友吵完架,就把她定位成一个恋爱脑了。

"我们都交往半年多了,但我感觉每次想和他深入聊都做不到,他总在回避和我谈他的私事。我很想了解他,但他却总把我往外推。我俩之间像是隔了堵看不见的墙。我安慰自己这可能就是他的个性,酷酷的男生都这样!又或许需要一段时间才能让他敞开心扉?但是——是他先追我的!他说我刚进公司——他就喜欢上我。今天中午我实在不想忍了,就和他大吵了一架。结果他居然要和我分手。可是我什么也没做错啊!是他先追的我,他怎么可以这样——"

她说完之后就看着我。看我干什么——难道是在等我安慰她吗?

"可能他没你想的那么喜欢你。一般不聊自己的私事,应该是有什么不想让你知道的秘密。如果你能接受,就继续和他交往。如果你不能接受,那他今天做得没错,分手是最好的选择。"

虽然我不怎么会安慰人,但是我的话却马上止住了她的哭哭啼啼。她就好像被一盆冷水泼到了头上,眼神中露出少有的清醒。

但我知道,任何一颗恋爱脑都是一颗小太阳,要耗尽全部能量,需要几十亿年时间。所以一盆冷水碰到炙热的太阳,瞬间就被蒸发殆尽。

她得到了我的忠告后,得出了她不该乱发脾气的结论,晚上就向男友道歉了。男孩子像什么都没发生过一样,欣然接受了她重归于好的提议。俩人又和好如初,甚至比当初更好。因为她已不再纠结男人的秘密。"等他想说的时候自然会说的",她安慰自己。

她并不是真的不想知道他的秘密,她只是不再继续追问他。她开始了自己的调查工作,当男人掉以轻心的时候,一切真相就更容易浮出水面。这里只把田探长的侦查结果简单复述,这些内容后来在她的逼问下,当事人都承认了。所以以下内容百分百属实:原来男生在老家早有一门亲事。女方身材高挑,面容甜美。据说两人的家庭从小就相熟,他们可谓是青梅竹马。他从英国回来后，就在双方家长的见证下正式与女方订婚，这个时间与他追求田甜的时间刚好重合。

他把田甜当作露水情人，他来上海实际上就是找个理由拖延婚期。他才没什么事业心，他只是没玩够。他从一开始就是这么计划的，直到真相被田甜发现。

我看着田甜发我的他未婚妻的照片，女孩子穿着浅色牛仔裤和白色短袖，站在海边的岩石上，一副贤妻良母的容貌。

"你现在打算怎么做？"我问。

"我已经做了！"

她居然找到了那个女孩的社交媒体，私信她未婚夫出轨的事实，而且还在那个女孩的动态下面留言："你未婚夫出轨了！"但田甜没得到任何回应。他未婚妻的账号很快就注销了。这事也不能说完全没有后果，倒是有一个，就是男孩当天就辞了工作，连夜返回了老家。她把男孩给自己争取到的两年假期缩短了一半。这就是她报复他得到的全部成果。

紧接着，她就看到前男友在朋友圈晒出了大钻戒和结婚证。她实在忍不了就把他给拉黑了。但她觉得还不够解气，还想再拉黑几个人。这么大的委屈，总要找人连坐吧。但是他们之间的共同朋友除了公司同事就再没有了。他的朋友，她一个也不认识。

"只有你从一开始就说过——这个人有心机——一切都是他计划好的!冰姐你看人真是太准了!以后我再遇到追我的男人,都发照片来让你先把把关。我肯定听你的!"

我其实没有说过他有心机。不过正如她所说,她以后便把我当成了鉴男专家,以至于我了解她和每一任男友的故事。她虽然说让我把关,实际上也只是听她想听的。

她和这个我始终不知道名字的前男友分手的时候,我的猫咖店装修也刚好完成了,我的小店终于开张了。

3

婚礼,一场盛大的婚礼。田甜赶回老家去参加她童年最好朋友的婚礼。她之前并不认识新郎。这次婚礼上共有四对伴郎和伴娘。田甜自认是伴娘中最美的那个,而伴郎里令人失望的"没有一个帅哥"。

其实田甜出发前对于伴郎还是有一些期许的。毕竟都是同乡,如能有看着顺眼的,双方肯定会有不少共同语言。

不难想象，伴郎中一定也有和她想法相同的男士，希望能在伴娘中遇到心仪的女孩。这不，我就突然收到她发来的一张合影，照片中是一对新人和全体的伴郎伴娘。紧跟着是一个问题"左二的伴郎，你觉得怎么样？"我还在琢磨她是什么意思，马上又收到了另两张照片，分别是那个男生在敬酒和吃饭时。这下我能够看得更清楚些，这是一个瘦弱的男生，皮肤白净，个子不高，和其他伴郎一样穿着白衬衫和黑西装，打了一个黑色领结。

我刚想把我的看法发给她，田甜抢先说道："我觉得这个伴郎对我有意思，因为从用餐开始就一直在和我说话，他还从我姐妹那里打听我的情况。不过我肯定看不上他。他完全不是我喜欢的类型，太瘦了，一副弱不禁风的样子，没有一点安全感。你知道我喜欢宽肩膀的男生，哪怕胖点都行。"

这之后，田甜在老家又玩了三天才回上海。她每天都会发来这个"正在追求她的男生"的新动向。

"他主动告诉我——他也是从上海来的，这个巧合让他开心得不得了。可这有什么？我们每个人都是从其他地方飞回来的。年轻人没多少还留在家里。从上海回来的就有好些！"

"他原来比我还大一岁，看上去还以为比我小（捂嘴笑）。

他跟我说他正在读博士，学的是软件工程，和我学的专业很接近。我想和他讨论一下，结果他一问三不知。这是什么博士生？不会是在骗人吧（哭笑脸）。"

"今天我们几个刚认识的伴郎和伴娘约着一起吃饭，聊了很多小时候的事情，这男的居然问我打算什么时候回上海，他要把机票改到和我一班。我对他完全没有一点感觉，他这么主动让我很不舒服。"

"你问他叫什么名字？我还没说过吗？他叫皮舜，他还有个大哥叫皮尧。他家是开连锁美容院的。大哥比他大五岁，已结婚生子，现在正在接班。他家人对他没有任何要求，只要能把博士读完，就给他安排到一个北京的科研所去上班。这工作主要是为了北京户口，也不是要他搞科研。这都是他主动告诉我的，我啥也没问过。我对他不感兴趣。"

"他还真的改成了和我同航班（捂脸哭），今天早上他送了我一束花，莫名其妙的人！不过这个人很绅士，说话很有礼貌。不得不说，他没话找话的能力一流，从不让话掉地上。"

接着我就收到了一大束鲜花的照片，看得出男生很用心。之后又收到三张他们对话的截屏，是用来证明他很会聊天的。这点也确实不假，田甜说两句，他就跟上七八句，而且无论田甜说什么，他都必有回应，语言清晰有条理。最难得是字里行间流露出的严肃和认真，看不到任何的调侃和戏谑，更没有一句明里暗里的调情。这和田甜身边大多数追求者非常不同，那些男人每聊几句就会加上一句暗有所指的调戏，把不正经当幽默。

于是我对这个叫皮舜的小伙子开始有了不错的印象，觉得他是个正派人。我把看法告诉了田甜。也不知道我的话有没有增加田甜对皮舜的好感，最终促成他们走到一起。起码在当时，田甜听到我的赞扬后一口咬定——就算他人品再好——她也不会喜欢上他。

过了段时间，他们就正式在一起了。我相信是他的绅士品格最终打动了她，因为她总和我提到——和他在一起的每一分钟——他都让她感到被尊重。还有一条理由可能对田甜来说更为重要，就是他非常的诚实！有时诚实到了不顾及她会生气的程度。但田甜宁愿被气到，也不要再被欺骗。

我从来没有见过这么阳光的田甜，他们在一起后，她眼神里的忧郁就不见了踪影。他非常爱送她鲜花，她家里摆满了他送的花，花瓶总是不够用。女人看到花就高兴，尤其是心爱的人所送。

他疯狂地爱着她,觉得他的女友实在太优秀了,能被她喜欢是莫大的荣耀,时刻像一个田甜的小迷弟。因为他是在校生,时间上比田甜上班宽裕,所以他每天的时间就围绕着田甜转,陪她上下班,午休时间也去公司找她。

田甜向我抱怨,她有时候真想有一整天只是一个人待着,尤其是到了周末,她都很久没有一个人过周末,好想独自来一趟旅行。不为别的,就为了躲开身边的黏人精一段时间。她也问过他,老是黏在一起不会腻吗?他说一点儿都不会!

我听不出她是不是真的在抱怨,但是我相信她这段时间过得一定很开心,因为她已经很久没有联系我了。

田甜本来是住在一套合租房里,有一个男室友,那个男生有一个交往了三年多的女朋友,田甜和他们相处一向融洽。但是皮舜还是会吃醋。所以没多久,田甜就搬去皮舜单独租的房子里住了。

有那么一段时间,这一对还真是让人羡慕。我在朋友圈能看到田甜记录两人的快乐时光。男孩的内核是个理科生,但外在却不符合理工男的刻板印象。他的衣着品位很时尚,完全看不出是个计算机博士,私服经常是鲜艳的颜色,还喜欢戴彩色的帽子。这么一来，以穿黑白灰为主的田甜，竟被他带动得也开始穿起亮色，甚至包括她过去最排斥的粉色。看来这个新男友给她带来了很大的改变。

情侣之间总归是要迎来第一次争吵的，感情再好的情侣也如是，这是爱情的宿命。对爱情的考验就来自每一次争吵的过程和结果。世界上不可能存在两个完全契合的人，但是却可能存在两个愿意通过努力长久生活在一起的人。但我们往往都太爱自己，爱情中的每一次努力都需要我们"少爱自己一点"——但这太难了。世间难有比这还难的事，所以世间难有长久的爱情。

田甜和皮舜的第一次争吵就在田甜搬到皮舜家后不久。

"我简直要气死了！"

她如果不是要气死了，也不会在大半夜想到我。

"怎么了？"我觉得自己像个医生，因为医生在门诊时对每一个病人问的都是这句。

"我在他家住了一个星期，才发现一直挂在床头那幅风景画是他前女友送他的！你说他是不是疯了？这就是他说的爱我？"

"是哪个前女友？他们难道还有感情吗？他明知道你会生

气——为什么还要放前女友的礼物，有什么原因吗？"

"就是那个网红脸的前女友，喜欢去夜店，他老见不到她，就分了。他说她脑袋是空的，他喜欢能和他交流的人，他说他喜欢我！

"他和我说，这是他和前女友一起去小樽玩的时候，他在河边看到一个写生的画家正在画这幅画。当时他就很喜欢，问画家卖不卖。画家报了个价，他还在犹豫，前女友就掏钱买了下来——当作礼物送给他了。画的背面还签着他俩的名字！"

我了解田甜的性格，这件事对她的打击肯定不小。

"他们还一起去过小樽，呜呜呜……他都没陪我去过日本。他怎么忍心给我讲这么多细节，让我更难过了！"

"不是你让他讲的吗？我记得你说过最喜欢的就是他的诚实。"

"我说过吗？但我不要知道这么多他和前女友的故事！他根本就没有考虑我的感受。我都要气死了，他居然还不想扔掉，说要寄回老家去。我又问他家里还有没有前女友和前前前女友送他的东西，他又拿出了几件，说有些还是很有用的，就没扔掉，但是保证没有感情因素。我不管，我让他全都处理干净后——我再回去住！"

"你现在人在哪儿？"

"我回以前住的地方了，他们没那么快找到新的租客。哎呀烦死了，他现在正在给我打电话，我不打算接，没商量的余地！"

"你生气我理解，不过那些东西都是他的私人物品，他也说了不存在感情的瓜葛，只是喜欢物品本身而已。你必须清楚自己权利的边界，即便是作为女朋友，你也没有权利要求他扔掉。他为了爱你，自己选择扔掉，这是可以的。但你直接命令他该如何处理他的私人物品，会让他感到被冒犯。你们认识没多久，感情还不稳固，你现在应该……"

我本想劝她不要发这么大脾气，容易破坏他们辛苦培养起的感情，毕竟那些都是以前的事了，都过去了。但我了解田甜的脾气，那不是可以收放自如的。她是收不住的，这和她的外表有很大的反差。

我想他今晚也肯定重新认识了田甜，考验他能否接受她的"表里不如一"。我早说过，现实中表里如一的人几乎没有，而人们往往只愿相信看得到的"表"。田甜恬静的外表下，隐藏着一颗滚烫的心，爱与恨都很强烈。

我多希望她的男友能多多包容她，她这人脾气发过就发过了，她发再大的脾气也不会减损一分她对他的爱。道理很简单——因为她还愿意对他发脾气。但是男人我就不了解了，男人很多时候比我们女人想象中还脆弱。我知道田甜这次是动了真情的，她很爱他——连我这个外人都能感受到——皮舜不会感受不到吧？

田甜冷静下来后和我说，他和每一任前女友的故事她其实都知道，他对她很坦诚。她也始终是相信他的。他当天晚上就把所有前女友的物品都清理了。她也没有追问他是扔掉还是换个地方保存，算是给他留了余地。

这样的架吵一吵，如果是命中注定会在一起的情侣，只会让感情变得更好。

4

我的猫咖店开张后，并没有想象中那么忙，有时一天才进来一两个客人。我就当给自己放假了，在店里看看书，发发呆。田甜劝我别太佛系了，平时发发小红书，给店里引引流。我自信满满地说生意是要养的（其实是懒）。

我这边确实没有什么新闻，田甜却像挖宝藏一样挖到一个"大新闻"。

"你快帮我判断一下，我男朋友是不是一个妈宝男？我住过来后发现——他每天都要和他妈通电话，发生的大事小事都要跟她汇报。他妈也知道我和他住一起，还在电话里邀请我过年的时候去他们家，说要见见我。"

"那是好事啊——这么快就见父母了。"

"什么好事？这才更奇怪呢，他妈都知道我晚上在，还要和她儿子打一个小时电话。我现在只要看到他妈来电，心里就烦。我在这里跟你说话，他就坐我旁边，正接他妈电话呢。"

"是挺奇怪的，他们母子到底是怎样的关系？他不是什么都和你说吗？"

"我问过了，他说他妈控制欲强，他和他哥都怕她，从小到大不敢违抗她的任何指令。他哥现在成家了，嫂子也是经他妈亲自挑选的。他妈现在把精力都放在他身上了，他从读大学到读博士，都是他妈指挥他完成的，还在背后'运作'确保他顺利毕业。他说他妈是他们全家人的'老板'，所以让我要理解他，一个员工不能（也不敢）不接老板的电话。而且作为老板，他妈算不错了，他不需要九九六，就能拿一份'薪水'。

你看看，他妈把他拿捏得死死的！"

"这倒也是，一个家庭一个模式，这是皮舜自己选择的人生，他在'听妈妈的话'的同时，把做选择的权利都上交了，也就不用为自己的人生负责。自由本来就是一个沉重的负担，不是每个人都有勇气选自由的。"

"你也觉得他太没骨气了是不是？"

"你不要误会我是在指责他，我认为他有逃避责任的权利。就算他打算这样活到八十岁，我觉得也没问题。如果一个人为了生存必须承担某些责任，我可以理解。但如果一个人有另外的选择，而且自己也感到满意，为什么不？他想依赖他妈，如果未来他妈不在了，他还可以继续依赖他哥。他如果一辈子都能顺顺利利做到依赖他人生存，也很符合自然规律。自然界有很多动物共生现象，你和你的大肠杆菌就在相互依存。有很多连体婴儿也是要一起过一辈子，手术强行分开还会有生命危险。这是一种生存策略。物种多样性是大自然的魅力所在。你就算欣赏不来，也无须干涉。"

"我无法认同。他是一个独立的人！我爱上的必须是一个独立的人！"

我说的这些道理，她既然听不进去，之后也就没再为这件事找我讨论过。后来我才知道,她还是为了他总接他妈电话的事情和他冷战了一段时间。我想不明白她的做法能得到什么实际效果,就像她也想不明白我为什么能"欣赏"一个妈宝男。

可能我的表达方式显得过于消极和被动,所以我打算换一种更积极的方式劝她。毕竟事情都是在变化中的,此消彼长总在发生。她需要多点耐心,把精力放在如何处理好她和皮舜的关系上,让她的男友越来越爱她,越来越离不开她。当他有一天能够离开他妈的时候,一定是一个水到渠成的时刻,不可能是按照田甜的意志——想转变就能马上转变的。

"人有很多面,你要多看他做得好的那些面。尤其是那些更底层的品德。一个人可以很爱你,但同时可以很伤你。我觉得皮舜是绝对不会伤害你的,他人很善良,很绅士,有爱心,特别会照顾人(他真的把田甜照顾得非常好——在这方面是挑不出毛病的)。这里的每一条,都比他是不是一个妈宝重要!"

自从他俩在一起后,我就希望他们能长长久久,因为每次看到他们,我总能想到两个字:般配。所以每当田甜和我抱怨皮舜的时候,我常会替皮舜说几句好话,劝合不劝分。

过了一段时间,她已不再提他和他妈的事了,但是她对这个"好好先生"男友却生出了一种当妈的心态,开始关注起他的学业。田甜自己是个彻头彻尾的学霸,没有哪个学习阶段她的成绩不是在前三名。她对待学习的态度是非常自律和严格的。

当初听说皮舜在攻读博士时,她对他是很钦佩的,想当然认为他和她一样的上进。但交往后才发现,皮舜根本就不去上课,也从不看书,他每天都在焦虑自己能不能拿到这个学位,论文也不知道该怎么写,更别说答辩了。

他压力大的时候,从不会去图书馆看书,而是躲在家里打游戏。这里要再强调一下,而且怎么强调都不过分,他对田甜是真的好。他从不会因为打游戏就忘记给田甜做饭、煲汤、切水果,而且会尽力满足田甜每一个瞬间产生的小冲动。

就算田甜凌晨把他叫醒,心血来潮想去看日出,他也会马上打开手机搜索最佳观景地点,然后马上动身。田甜是挑不出皮舜作为一个男朋友的任何不足的。根本没人能挑出。但是抛开男友这个身份,田甜却是恨铁不成钢,就像看着一个不争气的儿子。

"你能接受一个没有上进心的男人吗?"

"我也没有上进心。"

"但你是我的闺蜜,他是我的男朋友!"

我们人人都是完美主义——但不是对自己——而是对自己爱的那个人。

5

皮舜虽说不上进,但智商是绝对在线的。田甜也说了他是不上进,不是不能上进。所以皮舜肯定也深刻感受到女友时不时投来的"失望的"目光。男人最怕被自己爱的女人看不起。他明明既有钱又有闲,还是一名准博士。难道对他的女友来说,上进心那么重要吗?真才实学那么重要吗?

毕竟他在他的朋友里面,算得上是最上进、学历最高的那个!他真有点不服气,决定要让女友见识一下更不上进的典型,也许他的形象就能一下子光辉起来。这就是我推测为什么他要约伊森来我店里的真实目的。

伊森真的是口无遮拦,我们才第一次见面,他有必要这么掏心掏肺吗?所以我深度怀疑他是皮舜找来的嘴替。但凡是皮舜不方便对女友说的话(自己说出来有可能被女友扣上"死猪不怕开水烫"的帽子呦)全都讲出来,让优秀的女友增加对他们这类人的了解。他还真是一个聪明的小伙子。

田甜早想让我见见皮舜。我也一直很期待有这样的机会。大家就约了个周末的时间，皮舜还叫上了刚从加拿大回来的好朋友——伊森，就约在了我的店里。

周日这天生意很好，有几个家长带着小孩子来光顾，在我们周围不停地吵闹。但是他们三人都是第一次来猫咖，所以兴致盎然，完全不在意嘈杂的环境，还能有说有笑。主要是伊森太能聊了，像说单口相声一样。他的出现也让我不得不想起远在加拿大的未婚夫，还是让我放到后面再说他吧。

"开这么一家店要多少钱？"伊森问我。

"一百万够了。"

"你哪来的钱？"

"家里给的。"

"看来你和我们一样。"

我没回应，他只得换个话题。

"我妈找的大师说我前世是一个云游道长——修仙的。"

"真的假的？"田甜好像很感兴趣。

"就算是真的，我上辈子修仙肯定也失败了，要不我怎么还跟这儿！"

"再活一世不好吗？"

"没有好，也没有不好，我都无所谓。就算明天死，我也能接受。"看到我们面面相觑的样子，他又说，"我开玩笑的，我干吗要死，还有万贯家产要继承，还要传宗接代呢。"他接着又自说自话地聊起他的女朋友，她本来在香港读大学，读了两年就觉得无聊，没跟任何人商量就跑回家了。现在就每天在家待着，父母也拿她没辙。

他非常羡慕女友，感叹自己怎么没赶上这么一双睿智的父母。他的父母怎么就看不出——他根本不是学习的料——也不是做生意的料。他完全不想"证明自己"，觉得这四个字就是笑话。

他身边好几个朋友（他们也是皮舜的朋友），为了"证明自己"做了太多的蠢事，连他们的父母私下都在看他们的笑话，这些人自己却还执迷不悟。他如果什么都不做，也就没机会被人笑话。

"你有没有觉得——你这是在逃避？"田甜问的是伊森，却一直看着皮舜。

"你之所以这么问我，是因为你觉得逃避是不应该的！但我向来不觉得逃避有什么问题。现代社会应该大大赞扬逃避。

以前的社会条件不具备，人们无法逃避。当然了，即便是现在，逃避也不可能作为每个人的选择，但是至少有一部分人可以有这个选择了。能逃避的人，都应该得到祝福！

"你们肯定都看过《黑客帝国》，那片子的调性一看就是拍给二十年前的那代人看的！因为那是会选择'红药丸'的一代人。

"但是在今天——我相信很多我的同龄人都会选'蓝药丸'。因为蓝药丸的选择明显更明智！《黑客帝国》的续集也是这么拍的，选红药丸的那帮人折腾了半天，最后还不是又回到蓝药丸的世界。我只想要快快乐乐的，即使你跟我说那不是真实的。如果真实对我来说太沉重，就要允许我选择逃离。"

伊森面对田甜略带责难的问题，句句都像是在抬杠，"成年人的世界，我父母的世界，是我一点都不期待的世界。如果在前面等着我的生活——就是和他们一样，那我宁愿永远停在当下的时间里。我无力改变他们，所以在他们眼里我就做一个'永远长不大的孩子'，这样最好！因为只有这样，我的自私才会被允许，犯错也会被包容"。

"有没有可能你对世界的了解是片面的？因为你只和自己同阶层的人接触。有没有可能你觉得自己很不幸，是因为你看不到比你更不幸的人？你抱怨父母，抱怨世界，会不会只是你为自己的不作为找的借口？"

虽然田甜的语气出奇地平和，不像平时那么冲动，但听得出她话里的火药味。双方都不愿意否定自己的价值观。田甜这会儿来了胜负欲，打算跟伊森较真下去。她实际上是在跟躲在伊森身后的皮舜较劲。

"难道我狭隘的世界观——和我的不作为——都该怪我自己？"

"那还能怪谁？"

伊森大笑起来。没人能读懂他笑容的含意，但都能看出他笑里的苦涩。

"很好笑吗？"田甜不喜欢这种不严肃。

"确实很好笑。你说我了解的世界片面，我承认。但你却说这都怪我——真是太好笑了。"

"怎么？如果你想了解不同阶层的人，难道会有人拦着吗？"

"你说对了！"

"谁？"

"他们。"

"他们是谁?"

"就是那些我想去了解的人啊!那些比我社会阶层高或低的人,他们都会排斥我,厌恶我,不肯接纳我!在这个世界,不管我愿不愿意,喜不喜欢,都只能和我同阶层的人来往。我哪儿也去不了,只能在我出生的阶层里从生到死。"他看田甜要插话,抢着说道,"我不指望你理解我,但我真的努力过!我曾经很喜欢一个女孩,她家境不佳,但很努力,也很要强。她非常地敏感,总认为我瞧不起她,嫌弃她的出身。我真的从来没这么想过。只要我有哪次聚会没带上她,她就会和我大吵一架,认为我是觉得她会让我丢脸。

"她觉得我的朋友们,尤其是女性朋友,都打心眼里瞧不起她,在我面前说的话都是在暗讽她。她们排斥她(客观讲她和她们之间的共同语言确实很少)。我做过很多努力证明她的想法是错误的,但我最终还是失败了。有一天,她什么招呼也没打,就走了。我们之间从头到尾都做不到'平等'地相处。一个人需要多大的智慧——才能够跨越阶层看到人与人之间本质上的平等——真的太难了!"

田甜沉默了,她在想什么?伊森的看法能代表皮舜吗?她有一天也会开始担心皮舜瞧不起她的出身吗?即便皮舜不会,皮舜的家人，他的妈妈能接纳她的家庭背景吗？

伊森一直在用一副懒洋洋的事不关己的方式讲话，但就在刚刚，因为提到了他曾经的一段感情经历，让他变得严肃而沉重，"我很羡慕你这样的人。皮舜说他找到一个和我们的圈子不一样的女朋友——一个非常优秀的人。开始我不相信，要真这么优秀，怎么会看上他？"

伊森虽然在调侃，但也说出了几分实情，"我羡慕你眼睛里的光，那是对生活的热情！即便你有不满、有冲突、有焦虑、有抱怨，这些都是热情！你说我在抱怨，真是对我最大的误会——我根本没有抱怨的热情。我不知道我的热情去哪儿了？又是什么时候消失不见的？

"我妈经常骄傲地对我说：'你三岁的时候，妈妈就带你去京都吃过最高级的怀石料理！'她以为我听了会高兴，会感激她。我只想说，我从来不敢走在河边，因为总有想跳下去的冲动，我从来不开车，因为只要我手握方向盘，就有想撞向路边的冲动。我从来不敢给自己做饭，因为只要手中拿着刀，就想切掉一根手指，体会下是个什么感觉。

"我觉得自己没地方可逃，所以才想逃到死亡里去。我不知道为什么会产生这些可怕的想法。想来想去，我觉得只能怪我'三岁就吃过怀石料理'！所以我一点都不感激她。但我也不恨她。因为我感受不到强烈的爱与恨！我什么都感受不到——感受不到我与这个世界之间——有任何关联。"

这场价值观的讨论是不会有结果的。正如伊森所言，我们都不能理解彼此。

6

田甜和皮舜度过了非常平静的几个月，说平静是因为他们似乎达成了某种默契。田甜不再责备他的消极厌学，皮舜也不再沉迷于游戏。田甜下班后和周末，都会陪他去图书馆，他看他的专业书籍，她看一本平时没时间读的小说。两人安静地并肩而坐，偶尔轻声交流，到时间就一起去食堂吃饭，再返回图书馆继续看书。

田甜偷拍了男友专心看书的样子发给我。照片里的他们穿着情侣装。田甜和我说：真希望时间永远停在这一刻，她非常喜欢现在的自己和她的男朋友。

当你真爱上一个人，看到他的状态在你眼中是"不正常的"，活得没有一点这个年纪的人该有的活力，你是做不到袖手旁观的。这个时候不光是私心，确实是"为他好"。

田甜害怕皮舜活成伊森的样子。生活怎能全无用心呢？先从认真做好眼前的事情——对得起自己和身边关心自己的人开始。田甜认为她已经把皮舜从之前涣散的状态中解救出来，殊不知她给了皮舜更大的压力。曾经皮舜一感到来自家人和学习的压力，就躲进游戏。现在有了像监工一样的女友在身边，他变得无处可躲。

皮舜完全是为了让田甜满意才做出的改变。他一定觉得身心疲惫，一方面不想读不感兴趣的书，另一方面又不想让女友失望。他终于还是用他习惯的方式进行了反抗。

田甜凌晨三点来到我家的时候，我就知道他们又吵架了。

"晚上他一直在打游戏，都没陪我。我开始没管他。可到了十二点，我说要睡觉了。他就让我先睡，他还要玩下去。他打游戏就在床边，我根本睡不着。我说你能不能别那么自私，为别人考虑一下？他就不高兴了，说他一个人住的时候经常玩通宵到天亮，为什么现在我逼他改变曾经的生活方式。

"他问我为什么不能为他而改变？我们俩就这么僵持着。我说你如果继续玩，我也不睡了陪你。我原以为他会心疼我，主动关机。没想到他就当我不存在。我一直忍耐着，忍得好辛苦！最后我和他说，如果再不关机——我就马上离开他家！

"当时已经凌晨两点。他一句话不说，装哑巴。我就开始换衣服。换完衣服，我又看着他，他还是不理我，死死盯着屏幕。我出了门，站在路边叫车，他也没有追出来拦住我不让我走！他从始至终没离开过那把椅子！我太伤心了，天都这么晚了，他也不问我能去哪里，也不担心我的安全。他的心怎么突然变得这么狠——"

她泪流如雨，我也不会安慰人，就拿了一包纸巾放到她面前，听她把事情的经过说了五遍。她问我，他是不是不爱我了？我说，不会的，他应该是一时心情不好。

她又问我，如果是我会怎么做？我说，如果是我，也会不高兴。但我不会威胁他——不关游戏就离开。我不会逼他做选择，不会拿他是否愿意为我改变证明他是否在乎我。如果我还爱他，就会试着适应他的生活习惯。如果我做不到，还可以改变客观条件，比如再租一间房，分开睡。如果我不爱他了，就会和他分手。但我不觉得我有权利要求他为我改变。他说得没错，认识你之前他就是这样，认识你之后他并没有故意与你作对。他只是希望你能让他按照以前的方式生活，不希望被强迫改变。

"那他就应该一个人过一辈子，干吗要找女朋友！"

"你们交往这么久，他要求过你为他改变吗？"

"好像没有。不对——我知道他喜欢什么，就会自觉地改变自己——去迎合他。"

"这就对了，你也只能等待他'自觉地改变'。问题是你愿意等他多久？几天？几个月？还是几年？在你愿意接受的期限内等不到你希望的改变，你就要重新评估你们的关系——还要不要继续。但是，等待——是你唯一能做的！任何人都只有自己想改变的时候才能真正做到。"

"我做不到！"

"你是不愿意等。你对自己的事都急脾气，对别人更缺少耐心。我还是劝你多给他一点时间。他这类人都是表面轻松自在，内心其实有很多看不见的压力。他并没有让你看到这些压力，也许是怕你不会理解他。他如果还爱你，不想失去你，等他情绪稳定了，肯定会来跟你道歉的。"

皮舜的压力来自很多方面，他做着自己一点都不喜欢的事情。伊森的女友可以只读两年就逃跑了。而他从没当过逃兵。他马上三十岁，不知道自己喜欢什么，想做什么。即便拿到博士学位，他也不具备博士的学识。还好他妈不在意这一点。

就在他对什么都提不起兴趣的时候，田甜出现了。她的光芒让他暂时忘记了所有烦恼。在追她的阶段，他甚至连打游戏的心情都没有了。他心里装满了她，就觉得自己的生活也被装满了。

他从小到大没有为了什么事这么努力过。他把自己最好的一面展现给她，但她却还是不满意他。他不怕和她说前任女友的故事，因为那些女孩没有一个是他自己追求到的。她们主动接近他，在发现了他内心的怯懦后（尤其在发现他哥才是未来的院长后），又都主动离开他。

他希望得到爱人对他的认可。田甜的做法让他更加讨厌自己。

绝望——这是他当下心情的最佳写照。他在玩游戏的时候并不感到快乐，游戏的神奇之处就在于——可以让人暂时忘记"快不快乐"的问题。游戏给了人"忘记"的权利，绝望的人都想忘记自己是谁。

当她深夜离开之后，他最先感到的是如释重负。这下他可以完全"忘记"了。但很快，他就更加地心烦意乱，同时很自责。他对自己的失望，不比她对他的失望少，甚至更多！她只和他一起生活了几个月，而他和自己共同生活了三十年。失望多了，就变为绝望。

他该怎么办？

7

田甜在我这里消了气之后，就给皮舜发了条信息。

"我在冰姐这里。"

他马上就赶过来把她接了回去。

田甜的公司在郊区做活动，她要在那里住上几天。那天刚好是她生日，他从市区打车八十多公里在傍晚时赶到她的酒店，给了她一个温暖的惊喜，为她庆生。她发我看他为她定制的镶着珍珠边的蛋糕照片。他们的感情再一次经受住了考验。

过年的时候，因为来自同一个地方，他们得以相伴返家。田甜在路上和我分享了她的好心情："如果以后每一年的春节都能如此该有多好。"

他先去了她家，见了她的妈妈和继父，还有她的妹妹。她来到了他家，他家的亲戚实在太多，根本记不住都见过谁。她用心去记他的妈妈、爸爸、哥哥、嫂子,还有一个和他关系非常好的姑姑,希望下次见面时能马上认出他们。但他仿佛并不在乎她是否和他的家人们相处融洽。

"女王对你还好吗?"这是我最关心的。

"怎么说呢?礼貌很到位,对我很客气,招呼得很周到。没什么特别的感受。倒是他的姑姑好像很喜欢我,一直夸我。他哥嫂和他妈差不多,也是客客气气。他爸像个隐形人,什么都说好,然后就不说话了。"

"听上去不错嘛。"

"我也是够倒霉的,本来为了见他家人,我特地准备了一身衣服。结果他临时通知我时间提前了,之前约定的时间有了其他安排。我当时正和几个同学一起,就穿了一条旧牛仔裤和一双平底鞋,也没化妆,头发乱糟糟的,就赶过去了。我觉得自己好狼狈,会不会让他们觉得我不够重视?"

"不会的,他们也知道你是临时被通知的。"

"希望吧。"

田甜的希望在第二天就彻底转变成了失望。因为她问了皮舜他妈怎么看她。他还是一如既往的诚实,就差把他妈说的每一个字都复述了。总的来说,他妈嫌田甜个子小,因为他们一家人个子都不高，他妈担心田甜的身高帮不了他们改良后代的基因，以后生的孙辈还是个儿不高。

这是什么狗屁理由？这是田甜的第一反应。

"你跟你妈说过我来自单亲家庭吗？"

"说过。"

"你跟她说了我家是农村的？"

"说了。"

"我妈的收入刚刚够妹妹读大学，而我是大学毕业后——工作了两年——才攒够读硕士的学费——辞了职去读的。这些你也和她说过吗？"

"我没说这么多，不过她知道你家不富裕。"

"她知道了这些，你还觉得她是在嫌弃我的身高吗？这就是她找的冠冕堂皇的借口！真虚伪！她有什么资格侮辱我和我的家人！如果我是一个副省长的女儿（他嫂子的父亲是位副市长），你觉得她还会嫌弃我的身高吗？"

他俩的聊天记录看了真令人压抑。他们虽然都没公开谈论过婚嫁，但两人都在最佳的结婚年龄。所以心照不宣的，两家人都把这次见面当作对未来的快婿和儿媳的考察。而两相比较，田甜的妈妈对皮舜热情得不得了，恨不得把家里所有能吃的东西都拿出来款待他。到了皮舜家,他妈高高在上,用过分的客气表达着轻视,全家人都用挑剔的眼光审视她。

"我知道这不怪他,但我的委屈也只能跟他说。而且是他妈把我惹着了!"

田甜把心中的委屈和怒火统统撒在皮舜身上。虽然话不是皮舜说的,但是田甜觉得他没有在他妈面前反驳和维护她,也是不对的。这等于默认了他妈的看法,成了共犯。

田甜的大吵大闹,换来的是皮舜的沉默不语。田甜怎么想,都会吵出来闹出来。皮舜怎么想,没人知道。两人在假期剩下的时间里,都没有心情再见彼此。

回上海后,他们都试图当作这件事已经过去了。毕竟都什么时代了,年轻人谈恋爱还轮得到父母来指手画脚?但他们都能感觉到两人之间看不见的裂痕正在扩大。终于,皮舜先一步找到她,还是一如既往地坦诚说道:我们分手吧。

他说的时候异常地平静,所以她也选择了平静。她问他为什么要分手?他说不清楚。她问他是从什么时候开始想分手?他说不知道。总之,他只知道他想要的结果——结束这段感情。至于为什么非结束不可?他就一问三不知了。

那就这样吧!田甜同意了。接下来该怎么做,两人就商量着来吧。她要找到新的房子需要时间,而他已经拜托她帮写论文。他们共同商定,等他博士答辩后,她再正式搬走。他们暂时以"朋友的关系"继续住在一起。

我好奇地问她,你们是怎么像普通朋友一样同处一室的?田甜说自从他们恢复了普通朋友关系,相处得反而更融洽了,再没吵过架。双方都小心谨慎地为对方考虑,生怕做出影响另一方心情的事情。真是奇怪,谈恋爱的时候都没有这么"和谐美满"。田甜说要是能一直这么过下去也挺不错。我知道田甜对这段感情的仓促结束很不甘心。她还爱他,想不明白他怎能说不爱就不爱了?

他们生活在一起时,他还会细致入微地照顾她,让她搞不懂两人为什么还要分手。她偶尔半开玩笑地试探他,我们要不就别分手了?但是每一次,他都坚定地说不。无疑,田甜很受伤,很难过,无处排解心中的忧闷,只能默默忍受。看来这次真的是无法挽回了。

我很好奇他们是不是还会亲热?

"当然了。"

"那也不改变你们是朋友的事实?"

"他说不改变。"

他们俩的感情观,我是越来越搞不懂了。但他们以这样的方式又相处了两个月。这期间她帮他写完了论文,又熬了几个晚上,帮他排练答辩。

答辩的前一天,他紧张得不行,毕竟论文不是他自己写的,信心不足是肯定的。她一直陪在他身边鼓励他,帮他一遍遍彩排。答辩当天,她强忍着腹痛陪他一起去学校。等他走出多媒体教室,脸上露出轻松的神情,她才放下心来。

他高兴地想要找地方庆祝一下。她则不能再等了,之前是怕影响他答辩才一直瞒着他。现在终于可以告诉他了,她怀孕了。

8

"你不是一直都做保护吗?"我知道田甜有洁癖。

田甜当时没有正面回答我,她那个时候什么也不想说,只说是意外。直到半年后在我即将要离开的时候——忍不住又问了她这个问题。她应该是已经释怀了,才道出真相。原来她太想留住他了,听朋友说男人不戴的时候感觉更好——她就主动提议。田甜为了他真的付出很多,他能感受到吗?

怀孕了,她很害怕,是不知该如何是好的害怕。就在他坚持要分手的时候,她却怀上他的孩子。她问他该怎么办?他说不想要,因为不知道该怎么抚养一个小孩,但是如果她想把孩子生下来,他就会和她结婚。他会给孩子一个完整的家。

他把决定权交还给她。他还是一如既往地逃避做选择。她到底该怎么选?毕竟这是一个需要尽快拿主意的事,不能拖!

她来问我的意见。这可不是一个普通的意见,会影响两个人,不,现在是三个人的一生。我不得不考虑再三。

"我支持你把孩子生下来。男人有了孩子就会改变。我一点不怀疑你们成为夫妻后,他会对你很好,也会照顾小孩。他妈妈也只能接受你!你婚后会过上衣食无忧的生活,等他有了北京户口,孩子的教育问题也解决了。"

"我也相信结婚后,他会对我很好。他是个好人,不知道怎么对一个人不好。他妈也会给养孩子的钱。我能够母以子贵。"

"那还犹豫什么?你爱他,生下孩子就能留住他。"

"我犹豫,是因为他已经不再爱我了。我不想要一个没有爱情的婚姻,更不想把孩子生在一个没有爱的家庭里。"

"你就是太心急了。我比你大了几岁,能够看到身边不少朋友都是结婚的时候感觉不到爱,但是一起共同生活了几年,尤其有了孩子之后,反而比刚结婚的时候恩爱了。你应该相信皮舜,男孩子成熟晚。你要对他有信心,多给他几年的时间。"

"几年后——能保证他会比今天成熟吗?"

"肯定不能保证,但是人生的选择都是在赌。如果你现在放走皮舜,能保证以后遇到比他更好的结婚对象吗?"

"我为什么非结婚不可(如果不是为了爱)?"

一周后,田甜告诉我她决定把孩子打掉。皮舜表示会负担全部的费用,并照顾她到身体复原后再离开。这是他应该做的。在此基础上,田甜还提了一个"小要求",她要求皮舜把她怀孕并决定打掉孩子的事告诉他妈妈,让他妈支付她二十万元补偿金。

她的理由很简单,他妈最不想看到的结果就是她把孩子生下来,所以打掉孩子算是"帮了他妈一个忙"。这个忙不能白帮!在这个理由的背后,是她想报复一下他妈曾对她的羞辱。

"皮舜同意吗?"

"他不想让他妈知道,但我很坚决!"

"我觉得皮舜已经尽了该尽的责任,答应为你支付医疗费。

告不告诉他妈不属于他必须要做的，他可以选择不做。"

"你们还真是很像，他也是这么和我说。这次我赞同你们的看法，不会强迫他做不愿意的事情。做不做是他的自由。但我也有我的自由。他如果不亲自告知他妈，我就会直接打电话告诉她！我没权利要求他做什么，他同样没权利要求我！"

"性质还是不一样。这是你们两个人的事情。你的做法将牵扯进第三个人。而这第三个人和这件事无关。"

"有关！太有关了！如果不是他妈，他就不会和我提分手！你们——你和他——还有他妈——你们都是一类人，你们都太冷血了！"

"我们？"

"是的！我怀疑你根本就不是真的对情绪不敏感。这就是你冷血的托词。因为你根本不在乎其他人的感受。当然，你也不在乎自己的感受。"

她既然都这么说了，我也不好再劝了。毕竟这是她的事情，我作为朋友，也只能说这么多。我只是看到她即将失去一个不可多得的如意郎君，不免替她感到遗憾。她可能并不了解皮舜这种家庭的男生，但是我了解。就因为了解，我知道皮舜绝对是其中最好的那个。

最终皮舜拗不过她,答应了她的要求。隔天他就把二十万元转到她的卡里,说是他妈刚转给他的。她在他的陪伴下,预约了一家私立医院,在那里住院并完成了手术。皮舜悉心地照顾她,把饭喂到她的嘴边,处处呵护她的情绪,绝对不说和不做会惹她生气的事情。

她在手术后第二天,还是没忍住哭了出来。没人说得清她是在哭一份感情的结束,还是在哭一个小生命的消失。皮舜没有哭,他能做的就是陪在她身边。

她找到新房后,就开始了搬家。皮舜主动帮她搬东西,帮她布置新家。她拍给我看皮舜帮她打包时汗流浃背的样子,感慨他就好像还是她的男朋友。

9

田甜和皮舜在我眼里曾是多么般配的一对。田甜的真挚,她一辈子也学不会套路和虚伪。皮舜的善良,他的内心与世无争。如果他们都只看得到对方最珍贵的品质——该有多好。明明是金童玉女,为什么最终无法在一起?

因为皮舜还没有准备好，他还无法接受一份像田甜这样的爱情，它太真实了，越真实的东西越炙热，皮舜还不习惯离真实太近。田甜也没有准备好，她还不能体谅皮舜的困境，在她看来微不足道的困难——对他而言却是翻不过的大山。一个人从孩提时开始，经历三十年的时间形成了一种"习惯"，不可能在一朝一夕间就改变。

田甜的出现，为皮舜的世界带来了一场地震。但震动太过急速和激烈，皮舜一时间无力承受。经过一段时间的消化，皮舜也许能够找到一条通向未来的出路——如田甜所期望的那样——他会成为一个独立的人——按照自己的想法支配属于自己的人生。他最终会成为他自己——不做任何人的附庸或附属。

当然，这只是些美好的期望。

那我呢？我准备好了吗？我的未婚夫在加拿大日思夜盼他的未婚妻到来，已经苦等了四年。我的借口已经用完——猫咖店是最后一个理由。钱烧完了，时间也就用完了。他上周从加拿大回来，就是专门为定下我们的婚礼日期。

他先去看望了我在老家的父母。在他全家移民前，我们两家关系要好。我和他一起长大，他只比我大三岁，从小就很喜欢我，很早就下决心要娶我。两家人不知从何时开始就认定了这门亲事，仿佛早在一百年前就定好了。连我自己也没想过长大后还会嫁给除他以外的任何人。

我虽然一直接受着他的爱慕、馈赠，和他对我未来的安排，但同时我又找着各种各样的理由拖延婚期。先是去"读研"，读完了再"去上海看看"，看够了又说"要创业"。

他这次已对我父母做出承诺，半年后一定举行婚礼。我们老拖着——二老还以为是他诚意不足。他做了这个决定虽然没和我商量，但毕竟这种事就该男生主动。男生需要表决心，需要有实际行动，女生应该迫不及待地想嫁才合乎情理。

婚后我就要随他搬去加拿大。到了那边以后，我不需要工作，只需要为他生孩子和孝敬他的父母。再过几年我们会把我的父母也接过去，一起安享天年。这真是一幅完美的人生图景。但我为何感受不到其中的美感？

我问过他，非我莫属吗？我还在读研究生的时候曾自作主张在脚踝处文了一枚冰块，因为我的名字肖冰影——中间有一个"冰"字，我也很喜欢冰。他看到后非常地不开心，说我怎么变成了一个"小太妹"。

他喜欢我永远是一个"大家闺秀"，不要随意更改我的出厂设置。他说他就喜欢我"本来的样子",喜欢我的稳定情绪,他的事业需要一个"稳定的后盾"。男人不是都希望能有一个情绪稳定的女伴吗?这么看来,我应该是男人们的理想型。

思绪啊思绪,正当我在心烦这周就要见到我躲了四年的未婚夫时,田甜正在经历着一场前所未有的大危机。就是这么巧,在皮舜为了给田甜搬家忙前忙后的时候,她无意中瞥见了他随手放在纸箱上的手机——恰好弹出一条朋友发来的信息。只看到前几个字,她的心就凉透了。

原来皮舜转给田甜的钱是和朋友借的,他根本就没有和他妈提过她怀孕的事。现在她孩子也打掉了,再也没有能要挟他妈的资本了。当然这不是让田甜最难过的,最让她伤心欲绝的莫过于在此之前,皮舜从来没有对她撒过谎。她收到钱后完全没有怀疑过他。正是这份前所未有的信任——是她对他全部好感的基础。

"我感到难过,不是因为你欺骗了我,而是因为我再也不能相信你了。"

对田甜来说,皮舜的欺骗就是晴天霹雳,她刚做过手术的腹部一阵剧痛,整个人也垮了。

没想到皮舜害怕他妈到这个地步。为了保护他们母子之间的关系，完全不顾及田甜的感受！田甜打来电话，说她太想要报复了！让我赶紧劝劝她。她没有马上给他妈打电话的唯一原因，就是不清楚皮舜到底为什么如此怕她，他有什么把柄在他妈手里？或者他们奇怪的家庭内部有着什么不可告人的秘密约定？她怕自己的冲动会无意中伤害到他。即使他欺骗了她——她再一次被一个声称爱她的男人欺骗——她还在用仅有的理性为这个男人考虑。

"皮舜的亲生母亲就是长在他身上的一颗毒瘤。"田甜不仅想让他妈为拆散她和皮舜接受惩罚，并且想亲手为皮舜切掉这颗毒瘤，"皮舜自暴自弃的人生就是她的杰作。一切都是这个极其势利和极强控制欲的女人造成的！"

"大事化小吧！如果你还想和他以后继续做朋友，就不要打这个电话。除非你接受以后有可能永远失去他。他这么怕他妈妈，肯定是有原因的，问他也问不出。但他陪你手术，钱也马上转给你。他已经为你做了很多，就不要再间接伤害到他了。"

她既然让我劝，我就只能让她多考虑考虑皮舜，少提他妈妈。

"每当这个时候，我都在想，如果我爸爸还活着该多好，他一定可以保护我和妹妹，不会让人欺负我们的。凭什么我们普通人家的女儿就可以被随便欺负？他妈的面子就那么重要？儿子为了维护她的面子，连自己犯了错都不敢让她知道？我就是要打破他们母子之间这种虚伪的关系！"

"如果你真的告诉他妈了，皮舜以后在他妈那里肯定更抬不起头，更被她控制。你不希望他今后的人生更加不自由吧？"

"他在他妈那里的良好形象，本来就是伪装的。他已经伪装了三十年。我要做一件他早该自己去做的事情，让他妈妈认识一下真正的他！"

田甜有着深入骨髓的愤怒，却还是因为顾及皮舜，并未打这个电话。

但她无法独自承受这份痛苦，只能向自己的妈妈倾诉。她的妈妈听后比女儿还要心痛，责备自己不能给孩子一个可以被他人平等对待的身世——害自己的小孩在外遭受屈辱。

地方越小，声誉就越重要。田甜妈妈决定替女儿讨回公道，亲自上门找到了皮舜的妈妈。皮家的女王为了保全儿子和全家的声誉，答应支付八十万元"封口费"，但要求田甜签署一份由律师起草的保密协议。条款中的一条要求田甜今后不能主动与任何皮家人接触。

这对田甜来说无异于再一次的侮辱。这是有钱人特有的侮辱人的方式，他们认为什么都可以用钱买到，包括尊严和人格。

田甜坚决不同意签署任何形式的保证书，但她请皮舜妈放心，她用人格担保绝对不会把这件事讲出去——更不会再联系他们家的任何人！

皮舜妈在收到了田甜的口头保证后，支付了承诺好的"封口费"。田甜也在同一天把皮家所有亲戚和她这段时间认识的皮舜所有的朋友全部删除了。

10

一切尘埃落定。

好好的两个年轻人，最后怎么闹成这样的结局？我全程作为一个旁观者，却也遭受到不小的刺激。尤其看到田甜为了追求她心中完美的爱情如此周折。再回看自己的情况——我还是老老实实嫁人吧！

未婚夫的家人我都很熟悉，他也很爱我。我在加拿大有不少的朋友，到了那边不会感到孤单。于是我主动通知了未婚夫和我的父母——半年后我将会飞去加拿大——和未婚夫完婚。

好了，就让我再享受最后半年的"单身假期"吧。还要和我的二十八只小猫好好道个别，尤其是那两只我最喜欢的加菲。我喜欢它们是因为它们对谁都爱答不理，不管你对它们好或不好，它们的态度都是一个样。

田甜辞职了。她和我说的最后一句话是："姐，我要出去走走。一直以来我除了上学就是工作，人生从没有过假期，更没有好好休息过。"

毕竟她现在有了一百万，可以很长一段时间不用工作。我在朋友圈看着她出现在中国的大江南北。她似乎在这些地方都有老同学，每到一处都有当地的朋友热情款待她。她玩得很开心，完全看不出要回上海的迹象。恐怕我离开中国的时候，也见不到她了。

我已经在进行最后的结算，为我的这些猫咪寻找着新家。我还在犹豫是直接把店关掉还是找人接盘？我对生意真是不在行，也不知道这家店现在能值多少钱。总之开到现在是一分没挣，一直在赔本。

我怕亏待了猫咪，从买最好的猫粮到给它们定期体检和治病，不断增加着成本。店员都是爱猫人士，看我对猫这么大方当然没意见。猫更没意见。但很不幸，我们在一起开心快乐的日子马上就要结束了。

……

"冰姐，你还记得我吗？"

听到有人亲切地直呼我的名字，想象着肯定是个和我很熟的人。但当我望向门口，发现根本不认识这个略显慌张的男生。

"我是皮舜。"

原来是他。上次见面时他戴了一顶红色帽子，把额头压住了。这次露出刚剪过的短发，我居然没认出来。

"你怎么来了？"

"她没和你说吗？"

"田甜？她什么都和我说了。"

"我们俩后来闹掰了，我妈也知道了……她就把我拉黑了，我们再也没联系过。"

"这些我都知道。"

"我和她提分手的那段时间,真是我心情的谷底。春节刚过,我嫂子就揣摩出我妈的心思,擅作主张要给我介绍对象。我说我有女朋友,她就让我先加上对方,先聊着。我当然知道她的背后是我妈的意志,所以我没法拒绝。

"我觉得我这辈子都不可能逃出我妈对我的控制了。我看到过我哥是怎么努力和失败的。我不想再试一次。如果我妈不喜欢田甜,我是无论如何也不可能和她在一起的。

"我承认我很懦弱。所以我更不想让她继续和我在一起,一点一点看清我的软弱。因为没能在我妈面前勇敢地维护她,我对自己很失望。我根本没能力保护她!只要她还和我在一起,就会遭到更多相似的伤害。还不如尽早离开我!她在其他地方一定可以找到自己的幸福。"

"你和田甜说过这些吗?"

"从来没有。"

"你害怕说出来后——田甜会看不起你?为什么不认为她会选择和你站在一起——和你共同面对呢?你和田甜都是受害者。而你最终没有选择和她站在一起,才是让她最失望的!"

"这半年来,我想了很多,我很想她。她怀孕的时候,我真的很希望她选择把小孩生下来，也许这个小孩能拯救我的人生。但我还是一如既往地软弱，我内心没有把握未来能保护好他们母子，所以我不敢和她说我的想法。

"而且我已经习惯了让别人做决定。田甜一定和你说过，她感到被我尊重。那是因为我害怕说出自己的想法，会不自觉地迎合别人。对我妈是这样，对田甜也是一样。你也可以说我不够尊重自己。但我就是这样的。过了三个月以后，我才想到我曾经有过一个孩子，后悔当初为什么不能勇敢些？"

"你可真是——后知后觉。"

"我很对不起她，欠她太多。她到最后还在帮我，她就不怕我是一个扶不起来的人？当我知道她一直都没有放弃我的时候，我好像什么都不再害怕了。是她的勇敢让我有了一丝丝勇气，我就靠着这一丝丝的勇气在这半年时间里慢慢地壮大——积攒够了力量——终于做到了田甜希望我做的事情。这次机会是田甜给我的！"

我没太听懂他的意思，请他再解释清楚些。

"看来她没和你说。"

他把手机递过来，给我看了田甜在删除他之前给他发的最后一条信息：

"我不想改变你。这些钱可以让你独立生活一段时间,也许这之后,你会对自己和对世界有新的发现。这之后,你将有能力再做一次选择。选择的结果并不重要。重要的是你曾为自己战斗过,为自己活过!"

原来田甜把全部的一百万元都留给了皮舜。她希望他能用这些钱作为"战斗的资本",能够让他(哪怕只是暂时的)离开他妈妈对他长达三十年的控制,有机会去寻找真正的人生。

我一时语塞,不知该说什么。皮舜似乎是有备而来。

"你的店是不是正打算出售?"

"我还没想好,但我下个月就去加拿大了,所以……在这之前肯定要处理好。"

"那太好了,把店交给我吧!剩下这半个月的时间,我在店里跟着你学习,等你走后,我就能马上接手了。"

"可我的店根本不挣钱。"

"我能问一下,你为什么把店开在虹口吗?"

我扑哧笑出来,他这么一问,我才发现自己真是太不上心了。

"因为我就住在附近。"

"是吗,那我就放心了。你如果没有什么特殊的考虑,我已经在大学路那边找到一个新位置,那里正缺一家这样的猫咖。如果把这家店开过去,生意一定很好。"

"你打算接过我的资产——同时换个地方开张?"

"正是如此,这样可以加快我开店的速度。好的商机——速度至关重要。"

"是啊,位置和速度——你很会做生意嘛!"

"但我手里只有一百万,你的转让费要多少?"

有人能把我的猫咪都照顾好,我高兴还来不及。我们找来了财务一起算账,我替他计算了每月的固定开销,他说会去看更多的供应商,能节省处就节省。毕竟他的创业资本也不多。

"对了,姐,我最后想拜托你一件事。你能把我新店的地址告诉田甜吗?请你不要误会,我并不是想再惹她生气。但毕竟这笔钱是她给我的,我连谢谢都没机会说,就被她拉黑了。我只是想让她知道,我把钱花在哪里了。同时,如果她愿意来找我,我想当面和她说一声——谢谢。"

"我一定转达。"

……

在飞往多伦多的航班上,我继续想象着……有一天,她回到了上海，找到了他的店。他们就像第一次见面时一样，他的眼里只有她，她却不大理睬他。他们坐在一起，边喝咖啡边聊天。他带她参观猫咖店的另一半——他专门辟出来的花店，那里盛开的鲜花都是他曾经送给过她的品种。再后来，他们就一起经营这家猫咖店。再后来，他们开了分店，而且一开就是好几家……这是我幻想中的他们的未来。他们真正的未来，我也不确定。就像我自己的未来，同样不确定。

我遵守了约定——按原计划飞往加拿大。但我此行目的不是婚礼。他对我有二十年的情义，我应该当面和他说清楚我的决定——解除婚约。

我还没有认真考虑过这之后该何去何从。也许，先做一阵子"小太妹"？

首富

一、小张

清晨六点醒来后,小张就再也睡不着了。她不想这么早起床,固执地闭紧着双眼。

对于生活在当代的人来说,失眠早已绝迹。科学家发明了一种没有任何副作用的安眠药。实际上它不能算药,因为销售它不需要医药许可证,也不需要药品局的监管。它是从一种绝对安全的精神致幻剂中提取的可吸入分子。目前这项专利已公开五百年,被精明的商家以它为基础开发出数以万计的睡眠香薰产品。这些产品被不知疲倦的人工智能设计师设计成不同的颜色、包装和规格,走进千家万户。

主流的睡眠香薰按照睡眠时间会被设定在六到十小时内。但在"个性化"就是"政治正确"的现代商业环境中,商家也会为了客户的特殊需求——比如有些人只需要几分钟的超短睡眠——量身定制个人专属产品。

当睡眠香薰启动,个人专属的香味被释放出(不喜欢闻香的用户则不会闻到任何气味)。在设定的睡眠时间结束后,浓度适中的唤醒分子将被释放,人们就在无意识的情况下"自然而然"地醒来。

不要小看这个简单的科技进步,它给人类带来的生活质量改善不亚于任何一种能救命的药物。在过去的五百年里,人类历史上第一次在深夜里不用再辗转反侧,被失眠折磨得苦不堪言。

但就在昨晚,小张却主动关闭了家中的自动睡眠香薰功能,这可是她出生以来的头回。就因为这个"叛逆"的决定,她不得不费了一番口舌,才说服她的个人智能管家"头头头头三二一"(小张更喜欢称它"头爷")支持她的决定。为什么要这么费劲?谁让它是你的智能管家!它拥有从你还是一颗受精卵起的全部人生数据,它是比你还了解你的"人工智能大脑",你的专属智能管家。

它了解你和你的同类一样——讨厌痛苦,讨厌不确定性。就拿睡眠这个最简单的例子来说,有时候你明明已经很疲惫,上下眼皮在打架（这些生理表征，正是身体提供的需要睡眠的最好证明），但是你的大脑却完全忽视，继续要求你保持亢奋的思考和工作，极大地损害着你的健康。人类在理性的时候都会承认"健康是最重要的"！但人类又有多少时间是理性的？

虽已过午夜，小张却丝毫不在乎疲惫，仍然一遍遍地校对着隐形视镜中投显出的采访提纲。她的双眼刺痛，思维变缓，终于在头爷的反复催促下，决定老老实实爬到床上去睡觉。

可当她合上双眼，准备像前一晚那样，也就是像之前的每一晚那样，迅速进入一夜无梦的高质量睡眠时，却怎么也睡不着。她忘记了，之前的那些在感官上"自然而然"的入睡，实际上是在科技的帮助下完成的。科技改变了人的生活，同时也改变了人。

小张越是睡不着，头脑反而越清明，她甚至又想出了几个新的问题。为了不让头爷察觉到她还未入睡，她尽量减少身体的活动。但是这怎么可能瞒得过头爷。它可是二十四小时实时监控着主人身体的各项健康指标和大脑释放出的每一种情绪激素的变化。它当然知道她还没睡着。它已经善意地提醒了三次是否恢复到之前的助眠设定。虽说每次提醒的间隔都比前一次长（头爷深谙人类爱面子的特点），但还是把小张给惹恼了。

她命令管家关机！但她知道，头爷的关机也仅限于表面的闭嘴，它还会在后台继续监控包括小张和小张家中的所有数据。小张的明天、下星期、下个月，乃至未来一生的所有计算——这些程序将不分昼夜地运行，直至小张离开这个世界。到那时，头爷会更换一个新的名字，继续投入到下一个人类主人从生到死的服役中。

失眠的小张，内心并不焦虑，她甚至感到这种睡不着觉的体验很新奇。她认为自己之所以会做出如此鲁莽的决定，一定和明天她即将要采访的"X先生"有很大关系。

X先生，这位人类在太阳系中的新晋首富，到现在还没有人知道他的真实身份。他成为世界首富的速度是近千年最快的。他做到的方式则是极具危险和颠覆性的。

就在几天前，他那"危险的生意"在很多国家还涉嫌违法，是多国政府准备共同起诉的"嫌疑犯"。但几乎就在一夜之间，全世界的国家都在为了能让X先生的产品尽快合法合规，纷纷修改起本国的法律。

我们的法律总是滞后，落后于那些充满开创精神的人类先行者们。而X先生——就是我们这个时代最伟大的先知。他那神秘的商业帝国和突破现代人认知的商业模式，是在被越来越多的消费者接受和追捧之后，才逐步瓦解了整个社会持续千年的传统观念。

如今，既然加之在他身上的那些"罪名"已经洗清，X先生终于宣布——他将以真实面目示人。他并未召开盛大的发布会，而是授权少数被他选中的媒体对他进行专访。在媒体的选择上，他非常谨慎，刚刚脱离官司风险的他只想接受能确保公正的采访。他最终只邀请了三家历史悠久的新闻社和一家自媒体。

小张就是那个幸运的自媒体人，她也是最早开始关注和报道X先生的媒体之一，更是X先生产品的忠实使用者，她几乎算是X先生的半个粉丝了。她此时虽然只睡了不到四个小时，但神采奕奕，毫无困意。她回忆起第一次拿到X先生产品时激动无比的心情，以及当她读到那封《X致全体人类书》中X先生讲述自己童年经历时强烈的共鸣。这一切仿佛就发生在昨天。

二、X 先生

X 先生的童年，和所有出生在公元五十世纪初的人并没有什么不同。当然，这么说可能有点政治不正确。应该说，我们每一个人都是不同的，非常的不同。

当尊重个体、鼓励个性，强调个人的权利——这些诞生于二十世纪前的观念的火花，经历了三千多年的演化，逐渐形成了不容置疑的现代观念时，它们便成为维系现代社会的基石。

这些观念曾经被少数古代思想家率先提出，后被商家利用和推波助澜，被政府接受并推广，最终也是最重要的，被不断进步的科技一点点地实现。整个过程毫无疑问体现了人类的伟大——只要是人类的梦想，不管看似多么遥远，终有一天会被实现！

一个典型的五十世纪初的人类是如何生活的？首先，在高度发达和高效的生产力条件下，人类自身已从一切生产工作中完全解脱出来。如果用时间机器传送一个二十一世纪的人类来到三千年后的世界，他肯定无法相信所看到的一切。因为在他所处的时代，即便是容纳了最多想象力的游戏世界中，都无法呈现出当代人在现实生活中的丰富多样性。

作为一个现代人，面对这样一位惊讶错愕的祖先，必须拥有足够的耐心，以便为他解释如下事实：

首先，全世界已不再拥有一条大规模生产相同产品的流水线。全部的生活用品，从一双袜子到最先进的个人光子产品，都已经百分百智能化全自动生产（意味着整个生产流程全部由程序和机器负责，无须人类参与其中）。

同时，这是一个极致追求"个性化"的时代。就拿服装为例，大自然中无法找出一模一样的两片树叶，在五十世纪的人类世界也找不出任何两件一模一样的服装。是的！从轻薄的内衣到厚重的外套，都是在个人用户与可以同时处理千万个点对点服务的人工智能设计师之间合作完成。

人智设计师首先通过"数据授权"得到用户私人管家处的身材和喜好信息，以及住地的天气情况、未来的出行计划等。当这些信息被很好地"理解"之后，若干可供选择的设计样式便被推送，这些样式在用户选择和提出修改意见的过程中将被限时锁定（通过支付额外费用可延长锁定的时间）。一旦某个款式被用户确认，单一订单将立即投入单独生产，生产完成后再通过遍布全球的无人运输交通网络送达。整个过程（从设计，到合成面料，再到加工生产）能够做到——只为一人之需！

满足如此极致定制化的生产需求，却无须担心生产力不足或成本太高而无法实现，这在人类生产力水平尚处于初级阶段，生产条件十分落后的二十一世纪的人看来，是多么的不可思议。但在五十世纪，人类不光做到了，而且实现得非常完美。

此时的地球已经重新恢复为一个与自然和谐共生的"绿色星球"，全部的工业都被移到月球、火星和人类共同建设的空间站中完成。地球上不再生产任何不能回收的塑料制品。曾经将垃圾投向太阳的时代也已经结束。如今人类全部的生活垃圾都能够被循环利用，投入到新生产中。

似乎一切生存问题都已解决的地球人，当然应将时间和精力投入到满足精神需求，一生用来追逐和实现个人的目标上。真正做到人是目的！国家和社会则需要尽少地干涉个人的行为，并动用尽可能充足的资源支持和满足每个人实现有利于其个人发展的诉求。个体将能够在这样的世界中，收获最大的幸福感。

不过，这只是从理论上来讲。实际情况是，正如 X 先生在《致人类书》中所描述的，他从小就会感到一种莫名的缺失。

伴随着 X 先生的成长，他越发对于这个无法解释的悖论感到不安——他明明什么都有，却还是感到缺失。而且缺失的仿佛还是一大块！

他时常在思考这个本该令他焦虑的问题，却丝毫感受不到焦虑的情绪。他常常在深夜为此问题而困扰，却从不曾失眠。他是一个没有不快乐理由的不快乐的现代人。

他相信这个世界上一定有着很多和他感受一样的人。但受到对个人隐私极端保护的现代制度设计和不愿意承认与其他人想法一样的现代文化的双重制约，他不知该去哪里寻找那些想象中的同类（即使这些人真实存在）。

在五十世纪的价值观看来，相同或从众，是一件极其可悲和羞耻的事情。"你是你自己！你不是你的父辈，不是你的邻居，不是任何其他人！"这是包括 X 先生在内的所有人，从小被教育要去相信的。

即便作为 X 先生的父母，也没有权利告诉他什么是对什么是错。他被要求永远遵循自己内心的感受而行为。人工智能管家会确保他的安全，并保证他不触犯法律。实际上法律中限制个人行为的条款在逐年减少，几乎不剩下什么实质性的约束。在人人需求都被最大满足的现代社会，犯罪动机一个接一个地消失。即便是被认为最能引发嫉妒和无数罪孽的万恶之源——金钱，也在无比强大的社会生产力面前失去了继续存在的价值。

不过，当世界银行在一千年前讨论是否干脆取消金钱时，却被当时正在兴起的声势浩大的"民俗保护"运动给保留了下来。文明越向前，被时代淘汰的旧习俗就越多。但人们逐渐发现，每消失一个旧习俗，世界的乐趣似乎也会少一些。让"金钱"继续存在吧！就像春节要吃"饺子"一样，大家早已不是为了吃饱。

现在人们把"积累财富"当作一种游戏，"财富增长"是一场充满冒险精神的竞技活动。那些能创造出新奇产品并获得良好销路的"企业家"们，会受到大众的追捧和关注，他们收获了"荣誉"，极大地提升了"自尊"。每年年终发布的全球富豪排名榜，是这个"经济游戏"的高潮。

每个人都能在榜单上找到自己在全球、全国，所在地区，或是同龄人等多个维度的排名。基于对隐私的绝对保护，只有获得个人授权的名字及相关信息才会显示在公开的榜单中。那些不愿意公开名字的人，统一用"X"来表示，他们在排名中的位置被保留，但不会暴露任何个人信息。

首 富 / 147

榜首是"X"的情况在历史上是绝无仅有的。通常排名越低,匿名情况才会越普遍。毕竟面对如此巨大的荣誉,每个人都趋之若鹜。所以当全世界的玩家看到排名第一的居然是一个神秘的X时,先是感到惊讶,但很快所有人都猜到了那人是谁。

虽然出于对隐私的保护,榜单中没有揭露任何关于X的经营范围和产品的信息。可是还能是谁呢?一定是他!曾经,大家连他的名字也不清楚,如今,总算可以有一个暂时的称谓了:X先生(他在公开信中曾"宣称"自己是男性)。

全世界的人们在激烈的"商业竞争"中获得了极大的乐趣,因为这是一个既需要勇气又需要脑力的游戏,且参与门槛很低,是名副其实的全民游戏。任何人有了新的商业想法,都可以迅速成立一家"公司","银行"会根据你的企划提供一笔启动资金,用这笔钱可以招聘到各领域专业的"人工智能员工",真实的人类是不会甘愿为任何人打工的。每个人都是自己想法的老板。没人会为了"挣钱"而将自己的时间浪费在他人的想法上。

作为老板,你要从产品构思到研发设计,再到宣传文案,统统与你的人工智能员工商量,你的"员工"都是世界上最出色的（保证和其他企业的"员工"一样出色），它们会给你提供符合你设想的方案和最强的执行力。虽然你已省去了最令人沮丧的管理人类员工的部分和所有需要复杂计算的工作，比如物流、供应链和库存（这是个零库存的时代）。"创业"游戏依然需要你付出大量的时间和精力，这可以帮助现代人对抗他们的头号敌人——孤独。

按照传统心理学的理论，孤独理应会导致抑郁和自杀风险的增加，罹患高血压、认知退化和睡眠障碍等疾病。但是，在一个各种神经激素的作用和调节方式都不再神秘的今天，人类的情绪是可以被很好地"调控"的。

别忘了每个人都有一个专属的管家。现代人想活得好很容易，想痛苦却很难。当你的情绪指标被检测出下降，在你还没来得及去思考原因的时候，健康管家便已开始执行"快乐激素方案"，并马上为你提供一系列能够使你重新高兴起来的"行动策略"。你在生理上的情绪指标会在短时间内回归正常。生理的变化继而影响心理的感受。身体"开心"了，心里也就不再急于寻找不开心的"理由"了。

提供管家服务的公司都非常重视客户对他们产品的年度评分，这些评分会汇总到名为"数巨"的超级人工智能那里，直接影响管家服务公司的年度公开排名，排名又进一步影响下一年度的销售。所以每家公司都想尽办法，让管家随时呵护主人的愉悦心情，不给任何的不开心留下机会。没有不开心，自然也就没有差评。

"数巨"超级人工智能系统是《数据权分离法案》正式实施后，以"人类个人福祉最大化"为目标建立的人类集体数据中心。分离法案的实施，彻底杜绝了由人类行为造成的数据贪腐和数据不安全。数据泄露和非法挪用的情况再也没有发生过。

自此，人类社会的任何组织或个人对人类共同数据只有录入权和使用权，管理权和监督权全部移交给"数巨"。任何想使用地球公民个人数据的申请，都必须如实阐明用途，由"数巨"审核批准，并在使用时接受"数巨"的监督。

在公正运用数据的问题上，人类选择了相信机器而不是自己。

三、队列

X走进经常光顾的咖啡店时,他的常规选择便被识别。一次性环保杯在现场被打印出来,大小和形状均为X自定义过的。使用无差别的标准杯型供给所有人,对于现代人而言是一种侮辱。现代人的消费观是:既然生产力能做到让我和其他人不一样,为什么不呢?以前是做不到,是没的选。

X来到市图书馆,他最近一年的每一天都是在这里度过的。这是一栋全透明的立方体建筑,虽然还保留着"图书馆"这个旧名称,但是里面没有一本真正印刷的实体书籍。如果要找一本曾经被古人捧在手中阅读的书,要去博物馆,而不是图书馆。今天的图书馆提供的是家中所无法满足的逼真的阅读空间。

X抬头看了看悬浮着的一个个透明空间,当一个空间被占用,该空间就会关闭透视效果,对外呈暗色,内部则可营造出任意的环境。

X不喜欢虚拟的空间,即便视觉和感受会完全欺骗他,但他的心却无法被欺骗。他更愿意乘坐透明的椭圆形胶囊间,通过一条同样透明的缆车隧道,被送到位于图书馆西侧的小山坡上。在那里，景致一年只会变化四次，但他却能看出每一天的细微不同，所以他不觉枯燥。

在通过发达的"科技"便能够随时、随地和随心地在居所内切换四季景色的今天，能克制住随心所"欲"，而选择接受自然加之的"限制"，是一种相当叛逆的做法。而 X 的很多做法无疑都是叛逆的。正如他还在一如既往地使用古老的阅读方式，真正地去"读"每一个书中的文字。

这听上去有些难以置信，但是他是真的会一个字一个字地去阅读。而不是像正常人一样，通过人工智能将书中文字进行虚拟现实转换后，再进行可视可感的"阅读"。在这种全方位感受作品的"阅读"中，智能空间会将作者的文字从枯燥乏味的二维世界转换成精彩纷呈的四维体验，在读者周围营造出与书中描写一模一样的虚拟场景。书中人物的形象按照文字描述被还原在读者身边，读者置身于故事中。与主人公的情绪同步的"情绪激素"注入程序则会紧随剧情的变化推波助澜，确保读者体会到强烈的情感波动。

那些不辞辛劳的文字工作者之所以为当代人所敬重，恐怕正是源于他们甘于从事一份如此枯燥的"编码"工作。经历过现代"阅读体验"的人，谁还愿意去翻阅那些书中的"原代码"——一堆黑压压、密麻麻、令人窒息的纯文字。除了少数专业的"文字码农"们，没人能忍受。由此一例，便可想见 X 叛逆到何种程度。

X 在成年后便离开了本就与他疏于沟通的父母，在可以全自动运行的智能房间里，他选择长期关闭智能管家，只默许它在后台。这样的后果便是，他不得不每天自主入睡，自己铺床，自己烧开水，亲自动手做家务和无数的琐事。这些时间明明可以被用来做一些"更有意义的"事。

X 的选择让他与众不同，也让他感受到更大的孤独。而正是这些可以清醒的感受孤独的时光，让他思考了许多当代人已经习以为常、不会去质疑的事情。

和其他人一样，X 从小接受的教育是完全针对他个人定制的、采取一对一的教授方式。就连上课时使用的课本也是只为他一人准备的。曾经在生产力落后的旧时代被诟病而又无力改变的学校式的流水线教育方式，虽说是当时人类一种无奈之举，本不应苛责，但对于现代人来说，这样的学校简直就像是一座座监狱。那些被早期的互联网保留下来的旧教育体系下学生们的留言，读来令人心碎。做不完的功课和永无止境的补习班，还有集体宿舍里几百人每天在同一时间起床，共同背诵同一首诗。难道这几百个人以后都要成为诗人？

这种扭曲个体意志和个性发展的教育方式早已不复存在。如今，X的个体意识被社会小心地呵护着，确保他尽量少地受到来自他人的影响。就算是他的父母，也被法律严格限制对他进行思想上的灌输。

X从会说话起，就获得选择自己名字的权利。当然，所有在十八岁以前的名字都只是暂时的。因为我们的社会相信，每一个人都是独特的，有权利被用唯一的方式称呼。在十八岁后，一个成年人将在世界网络中注册自己的正式称谓。"数巨"会确保不出现重名。

姓氏这种彰显对父系依附关系的旧习俗，早已被视作文明落后的象征，已废除了一千三百年。即便在一个人死后，他的曾用名也将受法律保护一百年，百年中不能被任何人再次使用。

X当然也被赋予了决定自己性别的权利。这项权利是不言而喻的，只有自己才有权定义自己的性别，这是天赋人权！如果有人一辈子也没想清楚这个问题呢？那这个人将在无性别下过完一生。在五十世纪，没有性别——也是一种性别。

人类终于做到了让每个人都有机会成为世界上独一无二的

个体。

这是生产力和思想解放同步发展的结果。当一个人在物质上不再需要通过依附他人或与他人合作——也能获得生存条件且活得很好时——就具备了追求真正意义上的精神独立的可能性。人类不会错过这个千载难逢的好机会,让每个人都能在自己的人生中绽放自我。

在从生下来就经常是独自度过的时光中,X并没什么可抱怨的。毕竟每个人都是这样长大。X可以轻易接触到全人类累积下来的所有知识,六岁就去过火星。父母之间也很好地示范着如何相敬如宾地相处。他们很少谈心,因为害怕产生分歧,害怕被扣上"随意评价他人"的指控。父母各自的生活看起来都很丰富。他们不是夫妻,因为婚姻制度已经取消。但是在靠"荣誉感"支撑的当代社会中,主动承担繁衍人类后代的责任会提高自尊。"高自尊"被认为是对抗孤独感的重要精神力量。

人们为提高自尊做着各种努力,尽力展现着自己的想象力和创造力。既然已将重复性和服务型工作都交给人工智能,释放出大量的时间,按照科学的发展观,此时的人类应该集中精力去做那些无法被机器替代的工作,比如创造。

事实上,大家也是这么做的。大众将发挥创造力的出口放到了近乎无穷尽的设计发明上。每一个细分品类，都会有一群狂热忠实的粉丝，他们既是购买者，也是设计者，这种双重身份适用于每一个消费者。

人们把自己的奇思妙想，通过高效的几乎无所不能的生产力逐一实现，然后去参加各个级别的设计大赛。获奖者既是这件独一无二产品的设计者，也是唯一拥有者，这件产品的价值会迅速飙升。

X的父亲曾荣获全球三色圆珠笔设计大赛一等奖，这支冠军笔被父亲慷慨地捐给了市美术馆收藏。X的母亲则在服装设计上不遗余力地努力着，但这个领域的竞争非常激烈，她至今毫无斩获。

在这个世界上，和与自己完全不同的人进行沟通的成本变得越来越高。人类作为一个共同体存在的方式，更多是在无处不在的虚拟网络中，在这里发起讨论或投票决定大大小小的公共事务。

现实中，大家则谨慎地保持住个人空间和给他人留出足够的个人空间。自给自足——自己满足自己，自己取悦自己——是延续了数代人的现代生活方式。

因为生来孤独，人们渐渐学会与孤独相处，也不觉得孤独是一个问题。

毕竟,处在孤独对立面的"从众"是一个令人谈虎色变的词汇。早期人类所处的从众时代,是多么遥远且可怖,恐怕没有人想回到那个时代,甚至只是想一下都会让人浑身不自在。

无论是来自外部力量而违心的顺从,或是由命令引起的服从,长此以往的最终结果就是内心接纳,并在行动上保持一致。从众就是一个同化的过程,个体的独特性被消解和抹杀。

对于今天的人类,我们认为以下真理是不言而喻的:你不需要和任何人有共同之处,也不需要获得任何人的认同。你的选择最能代表你的唯一性——确立你在世界上的独一无二。现代科技生产出的每一件差异化产品,都是为确保你能够实现这一目的。

这些"不言而喻"的真理即将被打破。持续了几十代人的生活方式,将在一个年轻人看似无意的举动中荡然无存。这个十八岁的年轻人此时正在一座被绿植覆盖的小山坡上,透过视镜连接图书馆的索引,翻阅着人类近一万年来的历史。

X每天的读书计划实际上就是没有计划。他会漫无目的浏览各个学科:历史、物理、政治、艺术,方方面面。他这么做一方面用来打发(现代人最不缺的)时间,另一方面则由于内心深处一直无法忘记那个烦人的悖论。他期望也许在某一天，能够在人类的集体智慧中，找到那个问题的答案：在一个什么都不缺少的世界中依然缺少的那个元素——到底是什么？

就在这一天，正当他浏览着几个世纪前代表着当时世界最高文明成果的大都会风貌时，被都市中频繁出现的一个奇怪现象吸引。他好奇地盯着眼前正在展开的一张来自二十一世纪的照片。照片里的一群人彼此前胸贴后背，连成一条长长的蛇形队列。这些人的怪异行为散发出一种魔力，令 X 产生极大的好奇，想对其中的原因一探究竟。

"他们在做什么？"他将照片从眼前的视镜中移出，破天荒地将阅读空间的透视关闭，启动了虚拟现实空间。转眼之间，他已置身于照片中，观察着队列中的人。他把"他们"一个一个拨到身后，来到了队首。

隔着几个高大黑衣保安的身躯，他看到面前陈列着一个个手掌大小的长方形发光体。他圈起其中一个发光体，将它拖入搜索器中。有关"手机"的全部资料被检索筛选出来，一个人工智能声音将概括好的信息柔和地朗读出。

X 顿时感到一腔热血涌上心头。他屏住呼吸，要求管理员程序立即将二十一世纪有人类在排队的照片和新闻统统找出。

经历了几轮筛选，剔除了干扰信息后，X穿梭在一张接一张的老照片中，注视着一个个生动的面孔，寻找着他们之间的共同之处。

在三千年前不同城市的街头巷尾，人们曾聚集在一双普普通通的运动鞋前排起过长队，在一杯主要由糖分组成的饮料前排起一条更长的队伍，在一台简陋的电子通信设备前，在一件印着简单图案的T恤衫前，人们甘愿拥挤在一起，花费长时间的等待，只为得到一件和其他所有人都相同的产品！这简直太不可思议了！

而且每当这些一模一样的毫无个性的产品售罄，没有买到的人还会流露出难掩的悲伤。难道真如历史教材上所说，他们都被洗脑了？否则谁会愿意使用和其他人一样的物品？为什么要和其他人一样？最令人费解的地方就出在这里！

X驻足在这些队列中，和人们"对视"。每一个人都喜笑颜开，仿佛正经历着全天下最美妙的时刻。这股高兴劲可不像是在为失去独特的自我而悲伤。正相反，他们是因为能够和其他人一样才如此开心！

如果是因为生产力低下使他们得不到个性化的产品，只能被迫从众，他们理应感到沮丧。但是他们脸上的开心分明很真诚，一点不像装出来的。

人一旦开始怀疑，就再也停不下来，想要不断地靠近真相。如果真相不容易被找到，他就会想尽办法，甚至不惜逾越边界。就在这一天，X 的头脑中萌生了一个疯狂的想法。他将为这个想法进行精心的筹划。而当他付诸实行的那一天，整个世界都将为之倾覆。

四、革命

这一天终于到来。这是对我们来说再普通不过的一天。正是在这一天，我们将和几亿人一道改变世界，但我们起初却丝毫未察觉。像往常一样，我们正同专属的人工智能设计师讨论着最近又有哪些公司推出了新的创新科技，可以将哪个新技术运用到接下来的奇思妙想中去。这时，一条常规的广告弹出，这是我们早先订阅的实时播报科技公司最新成果的推送。

但这条新广告的宣传词实在有些与众不同，我们不得不瞪大了眼睛。因为它做出郑重承诺：

"本司产品之举世无双——将让你抵达'个性化'的顶

峰——从此再无人超越！"

这哪里是广告语，这简直是当代所有人日思夜想，想做却做不到的毕生目标！

在这样一个高度自觉的和谐社会里，"欺骗"的代价是高昂的。这条广告使用了如此夸张的表述，可谓是前所未见。如果打开广告后发现内容与广告词有丝毫不符之处，这条广告的发布者将承担严重的连带后果。我们本能地推断，发布者绝无胆量骗人，但我们更加确信，没人能创造出如广告所描述的产品。

但不管我们的头脑里更加支持哪个观点，只有打开它才有答案。所以我们几乎是在看到广告的一瞬间，便将其打开。

接下来发生的事情让我们从头到尾托着下巴。我们就像被催眠一样毫不迟疑地确认了交易！刚刚到底发生了什么？冷静之后，我们才有时间回想：

"原来这家公司确实向我们提供了一个站在了'个性化'顶峰的产品——一件纯白色的纯棉 T 恤衫。

"它曾是人类工业化流水线生产时期的产物，曾在地球上累计售卖出几十亿件，曾被几十亿人穿着过，那是属于它的时代。但是，世界上有记载的最后一件纯白 T 恤衫出现在距今七百年前,那之后的七个世纪是生产力飞跃式发展的时期。不断追求个性化的发展方向,让每个人都在不断做加法。

"所有人开动脑筋,将各种先进科技应用在服装上,新设计层出不穷。可随心情变化、随温度变化,甚至随天象变化的服装层出不穷,这个趋势至今还在持续,像一场永无止境的军备竞赛。而纯白色T恤衫所代表的'毫无个性和极易被模仿'的明显缺陷,使得后人在设计中都无意识地回避了它的重现!

"现在,让时间倒转,将不断加码的设计元素一路做减法,直至归零。这件纯白T恤衫在七百年后的今天将是——绝对的'与众不同'!"

是的,就是这么简单!简单到任何人都应该能够想到,为什么我们却没有?但是既然这个想法这么好,他为什么不自己留下?当代的公司一般只会推出新技术,或者新的基础模板,但不会提供成品,因为任何成品都只能售卖一次,一旦有人购买,其他人就不会再对其产生兴趣。任何人都只愿为与众不同的孤品买单。无论再好的想法一旦成品,都是一次性的!

以上的思考都是在我们稍稍冷静之后才会出现。卖家既然愿意卖,就肯定有这么做的理由,何必深究。这是一个高度确定、高度诚信的社会,同时也是一个高度保护个人隐私的社会。打探他人的想法是毫无意义的。既然一切购买流程都是合规的，就没什么好怀疑！

毕竟我们实在太渴望在与其他人的不同中成为更加不同的那一个，太渴望在体现绝对个性的竞争中拔得头筹，更何况这绝对是一次彻底的颠覆性的机会，多么难得！

订单确认后，我们就确信自己即将成为大赢家，将拥有七百年来太阳系中唯一一件纯白T恤。今后穿着它无论走到哪里，都会是焦点！任何人看到后，都要痛彻追悔自己为什么没有第一个想到。如今再复杂的科技也只能制造出产品间微小的差距。而这件白色T恤却不同，它就像是大地。它会是永远的胜利者！

但我们所不知道的是，世界上正有几亿人和我们同时打开了这条广告，收到了相同的信息。大家都经历着一样的——从为这个奇想惊讶——到迅速抢购的神奇过程！

这家神秘的公司在极短的时间内订单暴增。在算法的奖励下，这条极具诱惑力的广告又被推给更多人。该公司的全球排名迅速飙升，很快成为一条爆炸性新闻。这又使更多的人知道它的存在。

一夜之间，全球就成交了十亿单。强大的生产力将确保无论你在世界的任何角落，第二天天亮前，都将收到这件最"与众不同"的包裹。

五、与众同

早起出门的人里面，夹杂着那些迫不及待要将自己刚收到的白 T 恤示人的急性子，他们也是第一批发现这件衣服秘密的人。

世界上已经有七百年没有在人类的身上出现过如此简单的一件服装了。每一个穿着它的人都怀揣激动，迈出无比自信的步伐。可才转过了一个街角，他们就惊讶地发现，迎面走来一个同样自信满满的人，正穿着一件看上去似乎是一模一样的白色 T 恤。

双方都感受到尴尬，不敢多看对方一眼，毕竟这么做非常不礼貌。而且"撞衫"这个词在字典里都已经找不到了，世间怎会发生如此离奇的事情。几乎可以断定，对方身上这件一定是温感变色服，或者有一个独特的设计在背面。所以当他们走过彼此，都会不自觉地回望。可这一回头，却撞见了另一个迷离的眼神，这下可更尴尬了。

眼睛已经确认的事情，脑子还要再对抗一下，不会马上承认，尤其对那些有违长久以来固定认知的事情。大家的内心都藏着一位国王，没人愿做那个惹人厌的孩童。

就这样，人们对身边越来越多的撞衫熟视无睹，故作镇定。好像在玩着一个"谁先承认谁输"的游戏。这种现象居然能够在世界不同的地方纷纷上演。人们就这么顽固地硬撑到太阳挂到了头顶。天光大亮，白色反射了阳光后更加地耀眼。白衣人群的密度越来越高，在人流集中的区域甚至超过了半数。

"你……和……我穿的是同一件吗？"平静的湖面上总会有人投进第一颗石子。话匣子一旦被打开，就收不住了。你是哪里买的？你看到的广告上写了些什么？会不会是不同的面料？这时会有人伸手去摸对方衣服的面料，再回过来捏捏自己的。大家相互间重复着这个本该是非常失礼的动作。人们急于想知道真相，已顾不得那么多。

这是谁的恶作剧？他为什么要这么做？动机是什么？能得到什么好处？是政府的安排吗？是"数巨"出故障了吗？人们七嘴八舌，一个问题马上引出更多的问题。

那些起得晚的人，刚推开窗，就看到窗外满街白衣，再低头看看自己手中的这件，立刻陷入沉思：发生了什么？我错过了什么吗？再次抬头看向窗外，人们正在你一言我一语的攀谈中。这个现象简直比大家穿着相同的衣服还要古怪。他们在聊什么？这时我如果穿一件不同的衣服出现在他们中间，会不会很奇怪？而且我是真的很想知道他们在说些什么，以解开心中的困惑。干脆一不做二不休，穿上白衣，走进人群！

人们相互交流了半天，依旧毫无头绪。此时，终于有人发现所有人穿的完全相同是多么的好笑。于是第一个人笑了起来。是真的很好笑！于是更多的人跟着大笑起来。另一些人发现了更该做的事情，就是拍照。这样的奇景难道不该记录一下吗？马上就有一群人响应，聚在一起拍起合影。

不知不觉间过去了数小时。在几小时里，人们居然没有和自己的管家说过一句话，居然没有通过视镜上过网，居然没有听到过情绪不佳的警报响起，居然和其他人说了这辈子都没说过的如此多的话。

那些暂时被这场狂欢遗漏的人，那些没购入白衣的人，当他们最初看到这群聚在一起的白衣人时率先想到的是：这些人穿得一模一样，还能这么高兴，一定是疯了！但当他们看到身边不断有新的白衣人穿行而过，完全无视他们的存在，激动地加入到"同类"中时,他们的优越感逐渐消失不见。取而代之,他们感受到一种前所未有的孤独感。这孤独感一直存在,一直被忽视,如今仿佛再也藏不住了。他们虽强撑着保持面无异色,但内心的真实想法却是:好想加入那些看上去要更快乐的人群。

有些人终于忍不住,揪住一个白衣人轻声问道:你们在哪里买的这件衣服?

那一天,在不同的地方,还发生着很多很多的故事。当一群刚认识的新朋友一起拥进一家餐厅(平时人们看到餐厅里的人数接近五成,便会自动选择另一家),餐厅内马上人满为患。人们很快发现为了满足每个人定制的餐食,点餐过程将无比漫长。这时一个大嗓门喊道:后面的人,我给你们点一样的可以吗?大家齐声说,好!于是这个小问题很快就得到了解决。

当人们交谈正欢时,那家神秘的公司再次推送出一条新广告。这一次所有人共同见证了这个新推送,大家不再顾忌隐私,将打开后的内容在彼此间分享。这条推送给每个人的产品,不出意外的再次是同一件。这次是一只普普通通的透明玻璃杯。

这个杯子很漂亮!周围的几个人已经在下单了。看来这家公司的策略很有可能是——同样的产品只发售一次。那岂不是错过了这次机会，以后再也买不到了！所以没时间多想，先下单再说！买了不怕后悔，但不买如果后悔可就买不到了！

这么想是没错的。因为任何新产品只要被一个人首先发表，此人就自动获得了这件产品的专利权，今后除了发布者，任何人都没有生产该产品的权利。因为现代社会里每一个人都同时拥有生产权和生产能力，所以知识产权就以"首发"为确认点。但几个世纪以来没有人使用过自己的这项权利生产出第二件相同的产品。个中原因不言自明，没人希望拥有和其他人相同的产品。这一传统在今天——被 X 彻底打破！他不光生产了第二件，而且是源源不断地生产，直到满足所有人的需求。

人们像着了魔，或是被 X 的产品施了咒，一只普普通通的玻璃杯再次大卖！之后的日子里，X 每天会推出一件新品，而且这件新品无疑都是一件最简单最少科技含量的单品。几乎所有品类的基本款都有几个世纪无人问津，X 轻易将上万种的基础款设计申请了专利。这已经不单单是一场消费革命，更是一场观念革命！

如果这个趋势延续下去，那些高高在上的科技企业该如何生存？那些费尽心机去让自己的产品能制造出差异化的技术该怎么办？就拿那家刚崛起的纳米面料企业举例，他们的技术允许用户使用他们提供的画笔在面料上绘制静态图，完成后的图案马上就能在面料表层四处游走。如此兼具创新和科技的企业，如今面临的对手竟然是像 X 公司这样——说出来都嫌丢人——用百分百纯棉当作原料！而且居然畅销！

几大零售业科技巨头再也坐不住了，他们决定联合起来进行反击。但是他们却连知己知彼都做不到，因为没有人能找到 X。在《数据权分离法案》对个人隐私的绝对保护之下，他们用尽了申请理由，也未能取得"数巨"的授权。除非能证明 X 违法——哪怕只是在起诉阶段，因为只有法院签发的文件才能让"数巨"有限度地提供 X 的个人信息。

这有什么难？他们坚信 X 肯定违法了！不违法怎么可能一下子赚到这么多"钱"？他的产品里一定加入了未知的致幻剂。于是，他们雇用最先进的实验室分析 X 产品的每一种成分，但一无所获。

他们又想到历史上曾经有过一家人工智能设计师公司的软件出现过漏洞，导致两个用户锁定了相同的设计。最终这两人拿着相同的产品在全球大赛的复赛中相遇了。那家公司因此被罚致"破产"，其后再推出其他产品也无人问津。这确实是个好"案例"。

对现代人来说,"重复"或"相同"就是罪!但前提是,必须要有人起诉 X,必须最少有一个"受害者"。可是到目前为止,那些购买了 X 产品的人根本没觉得自己是受害者。因为现代文明人普遍认为政府没资格来定义什么是善,所以公诉制度早已被取消,起诉这件事只能由个人来完成。而这些 X 的竞争对手们都是利益相关方,不能由他们本人来起诉 X。这就陷入了死胡同。

最后,他们决定从 X 在与消费者沟通的广告词中寻找破绽。因为在卖家与买家交易标准流程中,都需做出"不重复销售同一产品"的承诺,这已经成为一个固定条款。但就是因为太固定了,让人们会以为即便没看到,也一定是被自己忽略了,而绝无可能是没有这一条。

X 正是利用了用户心智上的盲区。在他精心策划的话术中巧妙地采用了似是而非的表述,成功骗过了一个个毫无戒备心的消费者。既然 X 并没有承诺"不会重复销售同款",难道就要让他逃过对大众所犯下的罪行吗?当然不行!

误导——也是一种欺骗!就用这一罪名来起诉他!X 已被证明是非常狡猾的,他做了精心的策划,肯定早就料到自己会摊上官司，甚至将承担法律责任。看来他要做的只是在拖延时间。而这点时间，就足够掀起一场革命！

当X先生的反对者们正忙于寻找起诉他的理由时，世界已经发生了不可逆转的变化。那些使用过相同产品的人，感觉彼此之间的距离更近了。人们虽然还在继续为自己设计个人专属产品，但看到其他人有出色的设计，也会踊跃地购买。到目前为止，撞衫还是一个极小概率事件，但是随着好的个人设计被广泛接受，越来越多的人有可能穿着同一款服装外出。

而当撞衫再度发生时，人们已不再感到尴尬，甚至会相拥在一起，开心到落泪。因为他们从彼此的"相同"中感受到一份久违的人类情感。这些从出生就没有碰到过和自己使用相同物品的人，如今产生了共同的体验，拥有了共同的感受，看到了人与人之间更多的相通之处。

原来，"与众同"并不可怕。不仅不可怕，甚至感觉良好。

难道人类在物质上完全自给自足——有了更多空闲时间之后——真正该做的事——是花更多的时间和其他人相处？难道人在精神上不单单属于自己，也属于群体？到底先是个人，才是群体？还是先是群体，才是个人？因世界的突然改变而产生出的众多新问题，只能留待未来的人类慢慢去解答……

看到这个世界已经完全变了样，X的反对者们和世界各国政府如梦初醒。他们如果还想起诉，就不止要起诉X一人，因为人们已经不再惧怕重复和相同。X的商业模式被争相模仿。拥抱一个变化的世界，将成为所有人的选择。

人类经历了几个世纪朝向同一个方向的奔跑，如今纷纷从自己的世界里重新走了出来。世界更加精彩了！

六、小刘

小张看了眼时间，她已经抵达了与X先生约好的见面地点。这是一座不高不矮的市中心小山，于市图书馆西侧不远处。通向山顶的石阶因长时间无人使用，已经长满了杂草。小张瞥了一眼停放在山脚下的一排排方便快捷的自动驾驶飞行器。她迈开大步，踏上了石阶。

一边登山，小张一边收听着已经很熟悉的《X致全体人类书》。如果说X的产品是一个行动宣言，那这封公开信便是他行动背后的思想。这篇洋洋洒洒的万言长信，从X的童年讲起，用自诉的方式将X的全部感受，毫无保留地分享给全世界。正是这份真诚，让每个读过的人无不感动。

"……我是一个中国人，可是为了追求'个性化'和'与众不同'，我的名字由一堆字母和数字组成。我一点都不认为这么做能证明我的独特！反倒让我觉得，我已经记不起自己是谁。我号召大家和我一道，回想起自己是谁，回想起自己从哪里来。想起我们的民族、历史、家庭、性别。它们并不是我们的限制或束缚。相反，它们是组成我们的一部分。我们忘记的越多，剩下的就越少……"

小张正是受到这段话的鼓舞，才把自己家已经几十代没有使用过的姓氏重新找了回来。感谢"数巨"保存了这千年来所有人的数据，寻根问祖是一个最合情合理的申请。"数巨"很快就提供了一份属于小张家族的"族谱"。而阅读那些有趣的祖先们的故事，是一件多么令人开心的事情！

在这些故事里，小张发现了很多自己身上的影子。原来她的鲁莽性格是大有渊源的，原来自己的祖先在历史上还真做出过不少令人惊叹的创举。这么精彩的故事集，以后一定要讲给她自己的后代听。他们一定会同样地感到自豪和骄傲。

原来提升自尊可以如此简单地从祖先那里就能获得！原来她姓张！据说这个姓在中国人中曾经很普遍，曾有很多人姓张。因为《X致全体人类书》在年轻人中间的影响力尤为大，小张相信很快就会有很多和她同样姓张的人涌现，就好像她一下子拥有了好多的家人。"我真想认识这个世界上所有姓张的人，听他们每一个人的故事！"小张露出灿烂的笑容。

X先生此时正坐在山顶的八角亭中等她，看到她后，便起身迎上前。小张惊讶地发现，世界首富X先生，看起来还不满二十岁，居然比自己还年轻。

"你好，X先生，我叫张紫萱。"这个名字当然是小张刚给自己起的。她已经摒弃了那个既难念又难记但却是"世上独一无二"的曾用名。

"好巧，我叫刘梓轩。你可以叫我小刘。""小某"不愧是当下最流行的时髦称谓。

完全陌生的两个人，因为名字拥有相同的发音，彼此间便产生了一份特殊的亲近感。这也预示着接下来的采访将会很顺利。

露露

1

露露看着镜子里的自己——平时她在学校是不化妆的,第一没心情,第二也没人看。更准确说——她认为没有必要取悦身边的男同学。今天因为要见他,所以她照例化了淡妆。是真的很淡,放到新天地,仍然算没化的。

"还不出发吗?不用再看了——已经够美啦!"

岳梅看露露不去上课,自己也不打算去了,一会儿就去找在田径队的男友。

宿舍里这时只剩下她俩。露露和岳梅不光是同班、同寝室,还是最要好的朋友。俩人性格截然不同,对男生的审美亦非同路,人生规划更是大相径庭。但任何的不同都不妨碍她们成为亲密无间的好闺蜜——这是大学时代所独有的。

露露只把她和阿黎之间的事情讲给了岳梅。她做不到消失几天——而不把真相告诉好闺蜜——这么做交情就没了。说出来后她也能有个人谈心，否则憋久了多不好受。这个年纪的人还不需要守着一堆不可告人的秘密过日子。

岳梅有着麦色皮肤、大眼睛和厚嘴唇，笑起来露出一口白牙，显得活力又健康。她喜欢高个子、身材健美，最好带点野性的男生。毕业后，她不打算留在上海，而是回无锡去。家人帮她安排了一份"有保障"的工作。"也不差。"用她的话说。不过露露就没听岳梅嘴里讲过什么是"差"的。好像她这辈子遇到的人和事都"不差"。她对男友常坚的评价是："人还不错，心眼不多，有点笨笨的（后来她干脆就叫他'笨笨'）。毕业后谁都不知道还能不能在一起，大学时候给彼此带来快乐——是最重要的！"

露露好像是岳梅的反面，皮肤白皙，既安静又文静，年纪轻轻就很养生，每天必吃一颗苹果，绝不超过十二点睡觉，学习非常地自律，从大四开学就在申请美国的硕士。她一直认为自己高考没发挥好——对现在上的大学不满意——连带也瞧不上身边的同学，希望通过读一个常青藤硕士给自己正名。她对恋爱非常慎重，爱惜自己的名誉，认为男朋友必须是那个能让她想嫁的人。从大一开始，她就是公认的校花，身边追求者不断，但却不见她中意过谁。她喜欢外表斯文、眼神清澈，最好再戴副眼镜的书生气男生。

事实上，岳梅的笨笨和露露的阿黎都算得上是她俩的理想型。唯一的不同是岳梅已经和男友交往两年多，早就过了每天都想黏在一起的恋爱初期，现在相处起来像老夫老妻，彼此很熟悉对方的秉性和需求。而露露和阿黎才认识半年，因为阿黎工作繁忙，两人距离上次见面已经过去一个月。见面少，自然不可能深入了解。又因为这段恋情的特殊性，他们之间从没有像正常的情侣那样相处过。不过露露很爱阿黎，这点毋庸置疑。她也坚信阿黎深爱着自己。按照岳梅的"快乐最重要"原则，他们的相处确实充满了快乐。快乐到让岳梅都掩饰不住羡慕之情：

"你又要去跟着阿黎见世面了。这次吃了什么好吃的，玩了什么好玩的，记得回来后跟我这个成天憋在学校里的土妞说说——让我也长长见识。"

2

行驶在机场路上的豪华专车内,真皮座椅柔软而舒适,空间格外宽敞,也格外安静。阿黎不允许露露在约会时打廉价的网约车,他厌恶因司机卫生条件差而造成的难闻气味,不想让他爱的女孩置身于糟糕的环境中,更不想抱着她时闻到异味。所以他把自己乘坐的专车账号给到她,她为此特地下载了这家只提供豪车接送服务的软件。毫无疑问——这款应用只会在她与阿黎约会时用到。

马上就要见到他了,虽然平时也会视频聊天,但即将见到真人的激动心情是无可比拟的。在她脑海中,他的身上总是散发着光芒。她还记得第一次在实习公司见到他时,无法相信他居然是那些老气横秋高管中的一员。他看上去是那么的年轻睿智、气宇轩昂,而且态度温和,一点没有久居高位的拿腔作调。当时她正在布置会议室,他从她的身边走过,她只是抬头看了他一眼,就产生一种强烈的不真实感。这个男人好有气质——像是从荧幕里走出来的。

她慌忙掩饰自己的局促不安,但他好像根本没有注意到她——径直走向座位。天啊,又是一次震惊——他的座位就在老板身边。他是老板的公子吗？可是老板长得像一条鲇鱼，怎么生得出这么干净帅气的儿子？肯定是因为有一个漂亮的妈妈。她并没有胡思乱想太久，在随后的会议中便得知——他原来是这家公司的CFO。之后又了解到他的实际年龄已接近四十岁，但看起来也就二十七八岁。

陈黎并没有露露感受中的那般对她的存在视若无睹，他只是早已在工作中掌握了掩藏真实想法的本领。无论内心多么波澜，表面都不会被察觉到。那天的实际情况是，他同样在看到她的一瞬间就被她的美丽给劈中了。当陈黎在初中读到《教父》中描写迈克尔遇到西西里少女时的感受像"被雷劈中"——还曾大笑——觉得这个描述太夸张了。但同时也有几分羡慕——如果能有一次这样的经历——会终生难忘吧。谁承想竟有一天，快要在记忆中逝去的文字竟然转变成了人生中真实的体验。此刻的陈黎和迈克尔一样，成了被"爱情雷电"击中的受害者。

从那一刻起，陈黎在会议中就只想做一件事——观察她。他故作镇定，偷偷瞟向她。她全神贯注地做着会议记录，那认真的样子真是太迷人了。在整间会议室里——何止——在整个公司五千名员工里——何止——在他此生遇见的所有人里——

她一定是最美丽的那个！这么美丽的一件艺术品在房间里，怎么所有人都像没看到一样？一个个呆头呆脑的（其实大家只是和平时一样）就知道盯着投影幕上枯燥的图表。"难道所有人都和我一样，内心早已被她的美丽惊艳，但碍于工作场合，只得把这份心情压抑？"

陈黎不敢相信自己只看一眼就爱上万年的人，其他人却如此地无动于衷。难道她的"美"只有他能欣赏？只为他这双被艺术熏陶过的眼睛准备？这种古典的、肃穆的、庄严的、静中藏着无限律动的美，只存在于他这个曾经的美术生的精神世界里！

有一次，她起身离开会议室——是她的上司叫她去取一份文件。她把笔记本电脑放在座位上——证明她还会回来。他就一直望着门口。当她果真再次推门而入——就在门被她轻轻推开——他确认是她的一瞬间——他的嘴角竟然不自觉地扬起一丝笑意。他立刻意识到失态，环顾四周，幸好没有人注意到。

他赶紧垂下眼皮，让自己冷静一下。再抬起眼时，还是不受控制地望向她。

她已回到座位，那是一幅多么完美的雕塑。高柔的鼻梁，清晰的眉眼，闪烁的嘴唇，宛如提香画中的花神。

3

陈黎很快就打听到露露来自人事部。他们不在同一个部门，工作中完全没有交集，但他迫切地想接近她。他连她的名字都还不知道，仅仅是通过她的座位区域判断她是众多实习生中的一员。

时间一晃过去两个月，他们始终没有认识的机会。但这不妨碍陈黎累积起一个又一个与露露有关的记忆片段。当他们正式交往后，他逐个讲给她听，询问她是否还记得那些日常琐碎。一次冬日的午后，那天刮着大风，但阳光同样有力。北风和骄阳似乎较上劲，看谁能战胜对方。人们在这种看上去很暖但走出去又冷的日子里感受着无奈，刚脱下的衣服又穿上，刚穿上又不得不敞开领口。

陈黎正准备走进办公楼，一个熟悉的身影突然从旋转门中冲了出来。露露一路小跑到大厦拐角处，匆匆地脱下红色外套。她穿着白色高领毛衣，沐浴在刺眼的阳光下，用力地抖动着外套。在无情的风中，她的发丝被吹散，手中的大衣也被风掀起，被气流带往各个方向。她随着风的节奏，自然转动着身体，宛如德加画中翩翩起舞的芭蕾女孩，在风中舞蹈。

正午的阳光像一束舞台聚光灯照射在她身上,闪闪放光。她离开后,陈黎还直愣愣地盯着她刚才站过的那块空地,久久不愿离去,在脑中一遍遍回放着刚刚的画面,直至阳光慢慢地移走,那里不再被光线覆盖,转为大厦的阴影。

那天中午露露被同事叫去吃火锅,身上沾满了麻辣味。她实在受不了,就冲出大厦,迅速找了个暖和地方,用力地抖动外套,希望赶走难闻的味道。但风实在太大了,她站都站不稳,被风吹得摇摇晃晃,只得匆忙跑了回去。

4

直到春节前夕,才出现一次机会。那几天很多同事都提前回家了,办公室空着很多座位。陈黎在快到中午的时候邀请财务部还没走的同事一起去聚餐,当路过人事部时,他发现除了人事总监,只留下两名实习生还在工作,其中就有露露。陈黎立刻意识到这是一次千载难逢的机会,他压抑住内心的激动,故作随意地呼唤人事总监(他碰巧也是老板的亲戚)。

"张总,马上过年了,和我们一起去吧!叫上你这两个小朋友。"

张总抬眼一看，CFO的面子肯定是要给的，顺水人情肯定也是要做的。他还要用赞美来代替感谢，展现高超的情商（张总对情商的理解就是人情世故）。

"你们两个肯定不知道——要请你们吃饭的人是谁吧？"

两个女孩子都没说话，只是笑。

"他是咱们的CFO——陈总！公司明年上市——全靠陈总！可惜你们没机会在陈总手下。跟着他能学到很多东西。"

"是张总五年前把我招进来的，我算是被张总带出来的。"陈黎伸手搭在张总肩上——显得格外亲近——和他有说有笑地往外走去。他用余光看到身后两个实习生正在匆匆拿起椅背上的外套，紧跟了上来。他的目的已经达到。

"你叫什么名字？""哪所大学？""怎么想到来这里实习？"他用闲聊的口吻得知她的名字是丁露茜，喜欢被人称作小鹿，英语专业，因为有个在这里实习的同学突然不能来了——问她愿不愿意补自己的位置。工作难度不大，主要是可以提前体验一下公司文化和外面的世界。她因为知道这家新型的旅游公司这些年靠不断融资而发展迅速，好多地方都能看到广告，所以很好奇——就来了。不过她因为大三下半学期功课压力增加，所以只打算干到春节。不用说，陈黎听到后心头一惊，原来自己差一点就再也见不到她了！

人生真是充满戏剧性，也许他们之间存在着不一般的缘分？

"你跟陈总聊这么久了，还不加下陈总微信，多难得的机会！"坐在陈黎旁边的张总突然插话。陈黎之后常跟露露开玩笑说，张总是他们的媒人。那天他一直不好意思开口要她的微信，结果张总不知道哪根筋搭对了，突然跳出来神助攻。两人都迫不及待地拿出手机，也都在表面上故作镇静。

5

春节过后，陈黎思前想后，还是决定要单独约露露见一面。就是简简单单吃一顿饭（至少他对她是这么说的）。上次人太多了，这次只有两个人，他可以更好地了解她。他并没有预设要说什么，但不管怎样，他都想让自己放下一个中年人日积月累的伪装和算计，用真诚的方式和她平等地对话，保证不说一句谎话（他会努力）。

时间选在中午，这样显得不那么正式，她赴约的心情也轻松些。地点选在她的学校和他的公司之间。离公司太近肯定不合适，他不想被同事撞见约一个已经离职的女实习生——单独吃饭。她学校附近是真的没有上档次的餐厅，所以并不是他不想约在那里。

最后定在了淮海中路上的一家新加坡海鲜餐厅，那里靠窗的位置环境很静谧。任何高档的空间——都能让陈黎有主场的感觉，这次也不例外。他在这种环境里，像鱼在水中，能够展现出全部的魅力。

她准时到达。他提前到了等她，看见她进来便起身引她入座。寒暄了几句春节期间过得如何、做了些什么之后，他主动包揽了全部点菜工作，承诺要让她吃上几道只属于这家餐厅的美味。"别的地方你吃不到的。"他说，"这几道是我每次必点的。"他又说。男人都爱在女人面前炫耀，如果她喜欢他，这就是一种可爱。

这之后，他们又聊起了和前段时间工作有关的话题。总是他在问，她在答。她不主动提出新的话题，面对比她年长很多的企业高管，她多少有些拘谨。所以当他注视她时，她却在躲闪他的目光。

"你现在应该有男朋友吧？"他故作轻松，像是随意提到。问完后他便用手捂住胸口，以防心跳出来。

"现在没有。"

"和前男友分手了？分开多久？"

"快一年了。"她又思索了几秒，"刚好一年，一年前的这个时候他回国，我们谈了一次就正式分了。"

"为什么？"

"他在英国交了一个新女友，一直瞒着我，但后来还是被我发现了。去年春节跑回来——说还是最爱我，想和我复合。但我已经不相信他了。"

"你们……在一起多久？"

"从高中开始。我们是高中同学，他毕业后去英国读大学，我本想等他回来。"

她从头到尾低着头，用筷子拨弄着盘里的螃蟹腿。但她的回答清晰明确，没有半点犹豫。坚定的眼神透露出她是一个独立有主见的女孩，在不熟的人眼里就是高冷，在陈黎眼中就是古典油画中独有的神圣气质。不管是关于感情还是前途，她都不会犹豫不决。在行动上，她是一个坚定地只向前看、决不留恋过去的人。但在情感上，人往往做不到说断就断、说走出就走出的。虽然已过去一年，上段感情给她带来的伤害犹在，她还会时常想起他。高中毕业后，他们曾一起去西藏旅行，在旅途中他们加深了情愫。

每个女孩子在长大过程中都曾有一个"做梦的阶段"，梦里的主人公是一位骑着白马的王子，这位王子此生只有一个任务，就是找到他所爱的女孩，向她伸出手，牵她上马，带她一起奔向远方。"白马王子"本人是否做着同一个梦？女孩子是不知道的。因为"白马王子"本身就是女孩子内心需求的投射，不存在于真实世界中。

她始终忘不了初恋男友对她表白时的真诚和看着她时深情的眼神，她的"白马王子"曾发誓爱她一辈子，她相信他说出的每一个字。这是一份确定无疑的爱。她在国内等了他两年，心里只有他。每年他回国的时候，她都高兴得落泪。她会离开学校整天陪在他身边，度过一段如胶似漆的时光，直到他再次离开。她会送他去机场，在那里她会再度落泪。她并不知道，在另一个机场有着另一个女孩——正在祈盼着她们共同的男朋友。

6

她发现陈黎不再提出新的问题。现在轮到她抬起头注视着他——等待他接下来将要说些什么。

陈黎已经得到他最想要的答案。接下来他要不要把心中的秘密也讲出来？这个秘密只和她有关。告诉她之后，她将做何感想？会不会徒增烦恼？或是让这顿饭成为两人的最后一餐？没有犹豫过是不可能的，但最终他还是鼓足勇气。

"我从没想过这辈子会出现一个让我如此喜欢的人。你出现前，我不理解什么是'心动'。你出现后，我的心无时无刻不在燃烧。原来你就是我的'理想型'。我一直看不清这个形象，直到你出现！

"我已结婚十年，和太太感情很稳定，从未想过离婚——这对我来说是无论如何办不到的。所以我不会对你要求什么，只想把我对你的真实感受讲出来——因为它实在是太强烈了——无法一直憋在心里。我能和你相识——知道这个世界上有你的存在——就满足了。"

他说的每一个字都是真诚的。她的脸涨得通红，但还是马上做出了回应："谢谢你喜欢我，我能感受到你的真心。"

"我们相识的时间不对——没能更早地认识，这是我今生最大的遗憾。你才二十一岁，而我已经三十六岁——我们也没可能更早认识。这是命。"

他像是在自言自语。她做了一个表情表示认同他所说，并且没有要补充的。

"那你对我是什么感受——有点喜欢吗？"

因为拿不准，他谨慎地加上了"有点"。她微微点头。

现在，他们对彼此"都有好感"已不再是秘密。后面的时间里，他们仿佛都在刻意回避聊到感情的话题。表面上他们都顺从了命运的"安排"，既然老天让两个相互喜欢的人错过了相识的最佳时间，其中一方早已成家立业，那么他们就该把爱的火种留存在心底，任其在时间流淌中慢慢熄灭。或者就算要继续燃烧下去，也不要烧到另一个人身上，免得伤及无辜。

但事情的发展却朝向了相反的方向。他们的联系越加频繁，进而每天都要联系。他们的约会地点也从餐厅换到客房。这段地下情发展速度之快，两人就仿佛提前商量好似的。其实，只要回到"时间"这个关键因素上，一切都在情理之中。

7

她来自汉水边一座气候宜人的地级市，是父母亲唯一的孩子。这里不繁华但很干净，人们的生活井然有序。她的家庭虽不富裕，但父母都非常疼爱她，并打算尽其所能满足女儿的要求。

她从小品学兼优，对今后的人生有着诸多憧憬。因为父母再三表示会全力支持她的任何决定，她可以毫无羁绊一心向前看。也因为父母之间令人羡慕的感情，她渴望得到一份百分百纯洁的爱情。

二十岁前，她让自己相信——她爱的男人可以没有钱，没有房，只需要真心待她。但是就如同对世界的了解需要一个过程，人对自己的了解同样需要一个过程。真实的她要比她想象中的自己更加看重物质的充盈，更加看重一个男人的社会地位和经济实力。

她曾认为是否接受一个男人，只需要看他是否足够爱她，不考虑其他的因素。那是因为她在无意识中已经把条件不好的男人都屏蔽了——只在条件好的男人中选择。一个人的本质——即使是对于本人——也需要慢慢去了解。目前的她跟

"自己"还不熟,她了解的自己多是来自父母的"教诲"、周围人的"评价",和她对理想自我的"认定"。尤其像她这种从小到大的"乖乖女",早就习惯把主流的价值观认同成自己天生具有的。

但是大城市是多元的,这里没有主流价值观,有的只是一个个不同的个体,她虽然只来到上海三年,大部分时间在校园里度过,但真实的自我却在加速觉醒。人们常爱说一句话:长大以后变成了曾经讨厌的样子。大多数人并不知道,他们只是变成了更真实的自己。

当陈黎大胆向她表白之后,她就感受到了这个男人的口是心非。如果真如他所说打算认命,就没有必要告诉她,挑动她的心扉。说出来——就是想占有她。

她到底了解他多少?她还记得有一次,她抱着一摞文件路过会议室,偶然发现坐在里面的人正是陈黎,他正和十几个下属开会。平时他很爱笑,向每个打招呼的人投去笑容,让人充分感受到他的礼貌和教养。他长得很年轻,身体有力量——是长期健身和控制饮食的结果。这是露露第一次接触他工作中的样子,原来他有如此威严的一面。听不到里面的声音,但能看到他语言精简,充满力量,配合干练的手势,俨然是一个令人信服的领导。

这样的人在露露的世界里是不会遇到的，距离感增加了她对他的好奇和好感。她不敢在会议室外站太久，怕被他发现后尴尬。其实她过虑了。他工作时的专注非常人能比，这也是为什么他在公司从不拉帮结派，却受到老板长久以来的敬重。他是这家公司唯一不陪老板喝酒还能干超过一年的骨干。

她能确定的是，他很有教养，也很有责任心，后来又了解到他还是个很顾家和有很强同情心的男人。再有就是他很爱她，在他的眼里——她像美神一样美。她只了解这么多，她认为足够了。

她从不问他的私事，也不主动给他发信息或打电话。如果他连续几天都没有联系她，她也不问原因。当然，他会主动解释。但即便不解释，她也不会问。在她看来，他们是彼此时间线的闯入者，最终会回归各自的时间线。

她有很强的计划性，渴望生活按照线性的、可预见的方向发展，总会优先考虑别人的需求（她还记得上一段感情中她是多么迁就前男友，在分手后很长一段时间内，她怨恨自己在感情中的卑微多过他的出轨），压抑自己的渴望。这些正在逐步瓦解。现在的她，打算拥抱每一个当下。

她刚被一个男人狠狠地伤过，不想再被另一个男人伤害。陈黎的出现，使她阴霾了一年的心终于放晴。她需要一个新的恋情来让自己彻底忘记不愉快。上一份感情输得太惨，在陈黎这里她要找回被爱的感觉。

她在同陈黎的感情里能得到一种独特的安全感——不会被伤害的保证。因为她从一开始就什么都知道，这一次男人需要欺骗的是另一个女人，而她是活在真相里。

有时候，她会突然一惊，发现陈黎看她的眼神和前男友如出一辙，就是这种男人深情爱慕的凝视。这眼神里容不下其他人，她就是唯一。一个同时有两个女友的男人曾有过这样的眼神，一个有妻子的男人也拥有这样的眼神。这眼神中的爱假不了。但她毕竟成长了，明白爱是抽象的，而情欲是真实的。她分不清这些男人痴情的眼神中爱与情欲的分配比例。或许只有女人才需要区分。

她太年轻了，这些问题还用不着马上想清楚。他比她年长，各方面都比她有经验。阅历与见识，增加了他的魅力。在他面前，她能够放心地展现自己的欲望，放心地把自己交给他。女人喜欢在欣赏自己的人面前展现更多。女人喜欢馈赠给爱自己的人。

她能从他身上学到很多关于男人的知识，这些知识是同龄人给不了的。她也因此在未来面对其他男人时获得更多信息上的优势。无论陈黎想让她做什么，她都顺从。顺从即是学习。有次陈黎忍不住问她："你是不是想在我这里把什么都学会了？"她邪魅一笑表示他猜对了。他当然不会生气，他愿意当这个老师，乐此不疲。

在"第三人"的位置上，她是否会有罪恶感？她没有。她为什么要有？她从来没有想要得到他，占有他，取代他太太的位置。既然心中没有恶意，自然没有罪恶感。身体不会脏，只有心会脏。但这种事毕竟不体面，她偶尔会有羞耻感，但这更多来自社会道德规范的压力，不来自她内心。在她看来，她的心一直很干净。

她和他在一起，并不是因为她依赖男人，反而是因为她独立。她有能力判断是非对错。她爱上了一个有妇之夫，但是她没有爱错人。第一他很出色，第二他真心爱她，有这两点就够了。她做这件事的行为是勇敢的——想就做——这就是独立。

对她来说，和陈黎在一起的时候就是去到了另一个世界。而回到学校，就是再次回到自己的世界。就像是度假归来，她很快回到自己熟悉的感觉中。他们相处的一年里，除了岳梅本来就知道，其他同学没有发现她有什么变化。可能有一个变化，就是她变得更漂亮了，更会打扮了。她在大家心中还是那个男生很难接近的校花，想追求她的男同学把她当作"人生目标"。有人不远千里从外地飞来，只为一睹她的芳容。

学习成绩好——在其他女生面前自信的男生——面对她时也会变得胆怯，他们怕在她面前犯错，怕她不再给他们机会。实际上她从未给过他们机会，但她不拒绝他们的邀约。外出见面或吃饭，只要是她认为不错的男生，就会赴约。即便做不了男朋友，也可以是朋友。这些男生都是很出色的，也就是有用处的。只不过在她眼里他们都显得幼稚，不够成熟。尤其有了陈黎做比较后，她更加不容易看上同龄的男生。这不是他们的错。

在陈黎的世界里，她是陪衬，是他的锦上添花，虽然他嘴里说着"她是他的女神，是他的全部"，但这不是事实，他们都清楚。而回到她自己的世界，她却是名副其实的女神，是这个世界的主宰。她也越来越对自己的魅力有信心，对自己掌控未来（男人）的能力有把握。与陈黎的相处经历，是属于她个人的成长故事。

8

他来自长江入海口一座历史悠长的地级市，家乡虽然很富庶，但因距离上海太近，在读大学时他仍会感到自卑。当肤白貌美的校花——他未来的太太一眼相中他，并主动接近他时，他甚至有些受宠若惊。

他对自己的外貌和能力有信心，在这些方面并不觉得高攀太太。但她毕竟是本地人，身边从不缺本地男生的追求，不用说还有长辈相中的理想夫婿介绍给她。这让他从一开始就感到自己处在被挑选的位置。所以当太太力排众议，选择嫁给他时，他对她多了一份感激。

说不清是太太眼光独到还是自带旺夫，总之他们结婚后，他的事业就开始高歌猛进。不久后他跳槽到一家正在筹备上市的公司，进去时是财务总监，但公司一直招不到合适的 CFO，所以提拔了他。如果没有机遇的加持，他当时的资历是坐不上这个位置的。

这还不是最幸运的，更幸运的是他在 CFO 位置上还未满一年，公司就成功上市。他从一个拿死工资的打工人，突然有了一堆值钱的股票。他果断套现后在市中心全款买了套房。勿用说，他在岳丈家的地位稳固了。

在他的"财大气粗"面前，太太娘家人普普通通的家庭条件没了优势，本地人的身份成了他们最后的尊严。他们维系自尊的方式也很简单，就是全家老小大事小事都花他的钱，但是从不说谢谢。他并未计较，觉得这是他应尽的责任。

他太太的弟弟去世早，留下了弟妹和一个侄儿。因为孩子没了父亲，又是太太家孙辈唯一的血脉（他们夫妻之间决定不要小孩），太太说自己是家姐，这个孩子必须要管，实际上就是要他管。他于是承担起男孩全部的生活开支和学费。丈母娘心血来潮养了一只小狗，但刚养上自己就生病住院了，他太太就把狗抱回了家，实际上就是丢给他来养了。

小的时候他爱画画，甚至自学了艺术史，最喜欢看艺术家的传记，幻想自己也能画出传世之作。高中时，他壮着胆子说服父母给他报名了美术院校的考前集训班，学习素描。也是到这时，他才认识到自己的天赋和梦想之间存在不可逾越的距离。

不知道是他的眼睛不对，还是手不好使，总之脑子里想象的效果，就是画不到纸上。眼看集训班半年期满，班里有天赋的同学早就超出他一大截。父母似乎早就料到结果，立马抛出一个从大学到就业的一揽子规划。他的主科成绩又不是不好，既然追寻梦想无望，那就做什么都一样。听父母的话，还能让他们高兴——所以他学了会计。

人生顺利之时，往往被眼前的繁荣所遮蔽，顾不上问内心的感受。他在尝过快速致富后，就再也不能忍受拿固定薪水的日子。当猎头向他推荐了一家计划在一年内上市的新型旅游创业公司时，他毫不犹豫加入，职位当然是CFO。

他用上一家公司积累的经验，迅速搭建起团队，并引入合作过的事务所，一切都很顺利。但百年一遇的全球性病毒大流行不请自来，不仅上市流程被推迟，更错过了最佳的时机。现在公司的财务状况、市场前景和投资人信心，横竖看都是一个"烂摊子"。而老板爱吹牛的习惯还是一如既往。每次外出谈合作，老板说着和他刚进公司时听到的一样的宏图愿景，完全不理会他提供的真实财报。虽然公司经历过几次裁员，他都幸免，公司的减薪，他的幅度最小，但事业的不顺和停滞是不争的事实。

他终于能够静下心来，回顾自己匆匆就走过的前半生。从十八岁进大学，到三十六岁的今天，他的人生是如何度过的？他的总结是，全都是别人在选择，他在执行。他是自己人生的打工人，全部决策权都交由"股东们"。父母选择了他的大学专业和未来职业，太太选择了他做老公，太太娘家人为他选了个"养子"，股东里甚至还有一条狗，选择让他来养。即使不是由自己选择的人生，他却执行得很出色。他证明了自己是个人才！

"只有你是我选的，其他都是我被动接受。"他坦露自己的心声。

不要认为他反思了人生，就一定会做出改变。实际上他除了偶尔在心里骂几句，并不打算对现状做出任何改变。

结婚后，他太太就没再上过一天班。她说，我不想去上班了。他说，好。因他工作忙，她经常约着姐妹去旅游，每次出行当然是头等舱和五星级酒店。他既然不能陪，钱就要给够。太太锦衣玉食多年，加之本来底子就好，气质高贵，陪他出席各种酒会和聚餐时，总能收获一众赞美。有这样的太太，给足了他作为男人的体面。他们是一对相互成就的夫妻。

他骨子里喜欢确定性，厌恶风险。他实际上并非向他抱怨的那般过着被动接受的人生。"不选择"也是一种选择。他的人生就是他的选择。

他嘴上抱怨，实则甘于深陷其中。他喜欢美好的事物，热爱艺术，内心装着一个文艺青年，这一点不假。但他不光是没有艺术细胞，更没有真正艺术家的桀骜不驯和不趋炎附势。艺术家是他想象中的自己，画廊老板才是真实的他。他真正热爱且不愿舍弃的是奢华的生活。

他希望能够在富贵中生，富贵中死。他想不出还有其他的方式。如果离婚，如果失去工作，如果没有现在的身份和财富，露露还会爱他吗？他不需要认真的思考，就直觉地感到答案是否定的。即便她愿意，他们毕竟没有正式交往过一天，他们的性格是否合适？有一次，他夸赞露露温柔体贴，从来没对他发过脾气，露露直率地回答："如果你真是我的男朋友，我不会是现在这个样子。"

正是一句话惊醒梦中人，此后他再也没问过类似的问题。他明知道在他面前的露露并不真实，但他更怕认识真实的露露。他怕破坏露露在他心中完美的形象，更怕自己并不爱真实的露露。他爱美，胜过爱真实。露露可能并不真实，但如果这种不真实是如此之美，就是可以被原谅的，甚至要被鼓励。别忘了他爱确定性。在大多时候，假比真更具确定性。

他利用一切空余时间和露露幽会。只要出差，他就给露露提前买好机票。他白天开会时，露露就愉快地去"城市漫步"，他刷着露露发在社交媒体上的照片，看到她四处打卡城中的网红景点。再这么下去，露露也要成为网红了。晚上他会带她去吃当地最有名的餐厅。一顿正宗的本地美食过后，他们牵手散步在河边或树下。这些时光真是太美好了。尤其对他来说，可以暂时忘却事业的不顺和家庭的责任。

他知道露露不想让任何人知道他们的关系。在露露今后的人生中，他会是一个"从未存在过"的人。他理解女孩子不想破坏自身的良好形象，也知道露露在和他相处期间，同时约会着其他男生。有一次他上班时间发信息问露露在哪里，她发来的定位显示就在他开会地点附近。他提前结束了会议，非要见她一面。露露虽有点为难，但还是像往常一样，答应了他的要求。

当他来到露露指定的地点，一下就认出了在不远处的露露。她旁边跟着一个愣头愣脑的年轻人，远看人还算整洁，但衣着廉价，唯唯诺诺。当露露接起他的电话，就看到了他。不知道她和那个男生说了些什么，肯定是一个合情合理的借口。他并不好奇这些，因为这样一个男孩在他眼里微不足道。

露露小跑过来，脸上是因看到他而兴奋娇羞的神情。远处的男生成为背景，像站在原地待命的士兵。虽然露露只和他说了几句话，但他不止一次想把她拉到怀里亲上几口，最后都被露露用撒娇的语言化解了。

他和露露之间是有默契的，他不是今天的主角，于是对她说了几句肉麻的话，看到她的脸红起来后，便放她走了。不知道远处的男生是否能察觉出露露和这个中年男人有不一般的关系。当露露道别他，转身离去，他望着她的背影，和正在等她的那个少年。脑海里突然浮现出一部年轻时看过的电影，他的内心顿时像打翻了五味瓶，一团极其复杂的情绪在心中翻腾。

在那部电影中，一个送豆腐的少年爱上了一个同龄的花季少女。正当观众羡慕着他们的纯洁爱情时，美梦却随着少年目睹了青梅竹马的女孩从一个中年男人的车上走下而幻灭。那个女孩想挽回这段感情，但少年最终没能原谅她。

他对这个结局非常不满意，于是把自己带入到少年的位置，幻想着自己一定会做出不一样的选择，原谅并接受女孩。毕竟她那么爱他，为了他，她已打算彻底放弃以前的生活，重新开始。

为什么就不能给她一次机会呢？拓海，她可是夏树啊！当你在了解她的另一面之前，她是完美的！难道就因为那个中年男人，就要放弃曾经的梦想吗？

但是,他发现当自己真的变成了拓海,竟也无法说服自己原谅夏树!年轻人的荷尔蒙和嫉妒心是不允许任何身体上的背叛的。

时空交错,他如今再一次望着眼前的"夏树",恍然发现自己竟被装入了那个曾令他年轻时无比憎恶的中年男人的躯体。曾经的"拓海"最终还是得到了"夏树",只不过他要等上二十年,只不过二十年后他能得到她的身体,却无法得到她纯洁的感情。世间从未让他得到一个完整的她。

世界的怪诞此刻在他眼前呈现,他欲哭,却无泪。

原来,与露露的交往是他的圆梦之旅。但他早已过了做梦的年纪。

9

一辆漆黑闪耀的豪华轿车停靠在机场的国际出发口,西装加白手套的司机麻利地下车,熟练地打开后备箱,取出一只漂亮的亮漆拉杆箱。一位妆容雅致、婉约脱俗的靓丽女子不慌不忙地接过箱子,点头示意感谢,司机忙回以职业的笑容。

露露看着熟悉的机场。一年里，陈黎不知多少次在这里的入口处等她，手中早已拿着她最爱喝的焦糖玛奇朵。马上就要毕业了，暑期一过，她就要飞去美国攻读硕士。她当然会有不舍，但她并未表达。想必他也一定想到了——他们关系的终点就在不远处。但他也丝毫未表露过。或许是觉得只要不做正式的告别——就能够一直这样下去？

"丁露茜！"

陈黎张开双臂，在十步外就呼喊她的名字。

"为什么要叫我大名！"

露露假装不满，蹦跳着扑到他怀里。他合拢双臂将她搂住。

"因为我觉得你的名字好听啊！怎么有这么好听的名字——我的小梅花鹿。"

他托起她的脸，轻吻她的双唇。

"你这个坏猎人，在森林中看到我，就不愿再让我自由自在，非要把我抓到手。"

他们刚在一起时，陈黎询问她的头像为什么会是一只驯鹿？她说，你不觉得驯鹿很帅气吗？而且还能驮着圣诞老人的礼物到处跑。他说，我觉得你更像是一只梅花鹿，尤其在你眯起眼睛的时候。第二天，陈黎打开手机，发现她的头像已换成了一只萌萌的小梅花鹿。这表明她承认了他是她的主人。这个新头像让陈黎在心里足足乐了一周。

香港这几天潮湿闷热，经常下雨。但有露露陪在身边，陈黎感受不到任何天气对心情的影响。在中环的一家粥店里，露露正陪他吃早餐。他为她点了炸两、牛肉肠粉和皮蛋艇仔粥，而他自己只要了一杯冰豆浆。开会前他一般不把自己喂得很饱。

周围的环境虽然嘈杂，但只要盯着这张美丽的面孔，他的思维就处在一个绝对寂静的时空中。这一年来，露露从一个雅气羞涩的女学生已蜕变为雷诺阿画中精致时尚的都会女孩。他真想此时手中有支画笔，可以留住这一美好时刻的印象。画功早已荒废，如今他手里只有一只能拍照的手机。

"吃油条有什么好拍的？"露露鼓着嘴。

"我不拍了，你慢慢吃。"

他其实很不满意手机镜头下过分清晰的画面。虽然得到了精度，却丧失了美感。瞬间的美是稍纵即逝的，不管在手机里留下多么高清的影像，在回忆里一切终将变得模糊和朦胧。脑海中美好的回忆画面终将变作一幅幅印象派的画作。最终被记住的只有色彩、光线和感受。

公司业绩变差后,一个个业界受人尊敬、满口喊着情怀和长期主义的投资人们不再掩饰,纷纷露出比街头混混还可憎的面目。他们穿着定制西装,戴着限量手表,在天使和魔鬼之间自由切换。哪有什么愿赌服输,只有你输我永远要赢!

陈黎被躲在后面的老板派去应付来自各方的拷问和一轮轮充满诡计的讨价还价。这次出差香港也不例外。

周而复始的面对人性的冷酷和自私,会产生一种对人世间是否真实的幻灭感。这个世界人与人的关系真的只有利益吗?每当这个时候,他就想紧紧抱住露露,只要能感受到她肌肤的温度,就能感受到世界还有真实的一面。

当他们相拥而吻时,复杂的三维世界就能回归到简单的二维中,融进克林姆特"吻"的世界。再爱下去,他将化身成救赎的天使,用滚烫的金箭刺入她体内,他的整个心被金光照亮,不留一丝阴暗的角落,仿佛世间所有的痛苦都消逝。她在幸福中成为"极乐的圣特雷莎",与他共同抵达天堂。这一刻是生命的奖赏,是生命的意义。他喜欢注视着她入睡,那张恬静的脸孔仿若"沉睡的缪斯"。

清晨，他虽早已楚楚衣冠，却迟迟不舍离别。她仿佛感觉到了他就坐在床边——深情地凝望着她。她睡眼蒙眬地起身，因裸露而害羞地将被角拉起，边揉眼睛边看着一旁绅士风雅的他。这一刻在他的记忆中被永远定格成马奈"草地上的午餐"。

无数像这个早晨一样美妙的时刻，被他的记忆一一写进了"他与她的艺术史"之中。她既是波提切利的"维纳斯诞生"，也是安格尔的"泉"，还是塞尚的"现代奥林匹亚"。有时候，他觉得她一个人就是一部美术史，她是历史上每一个艺术家共同的模特，那些美轮美奂的画作中描绘的都是她！

10

美术生都爱做梦。但既然是梦，就有醒来的时刻。

香港回来后不久，他就收到她发来的信息，说她不想再继续这样的关系。

她问他，去美国前要不要再见上一面，道个别。她强调，要像朋友一样，什么也不发生。

这条信息令他痛苦万分，但他还是马上接受了她的"提议"。她本来也不是在征得他的同意。对于见面,他却说不用了。他非常想见到她,想得不得了,但他无法接受以普通朋友的身份与她相处。难道就像什么都没发生过一样?他对她动了真情。她呢?

他只知道,她已将头像换回驯鹿。她到美国后不久就交了一个新男友,经常能看到她在朋友圈秀他们的合照。这是他们不曾拥有过的"公开的幸福"。

他已有两年没再见到她。又到了春节前夕,在他们相识的纪念日,他发信息问候她,发现她已把他删除了。

他对她就像从未存在过。

11

香港回来后不久,她就全身心投入到赴美的准备中,和学校的老师及同学一一道别。她需要为自己四年的大学生涯做个总结,需要一起结束的还有他。她很感激他这一年的陪伴。她也曾幻想过,在另一个平行的世界里,他向她表白后就大胆地选择了离婚,陪着她去美国读书。最终他们携手走进婚姻的殿堂，她还为他生下了可爱的宝宝。但在当前的世界中，她从一开始就知道这些都是不可能的。她要向前看，只能向前看。再见，过去的自己。再见，大学时代。

在她独自打车去机场那一天，岳梅没能如约为她送行，她更早时就已经回家了。家人在没毕业时给她介绍了一个家乡的小伙子，一个富有的厂二代。他对岳梅一见钟情，之后就一路追求来到了上海。岳梅那段时间真是焦头烂额，既要瞒着常坚，又要瞒着新的追求者。

常坚毕业后在上海很难找到工作，他在学校的时候就没有好好读过一天书，到社会上发现除了长得高点，根本没有价值。他打算回老家去，但他放不下岳梅。嘴上虽然不承认，但是露露清楚岳梅很爱常坚，他是她的理想型。加上他们在那方面特别地合拍，深深依恋着彼此。

常坚为了等岳梅的答复一连推迟了几次航班。但他不可能一直等下去。岳梅把心中的纠结都说给露露听，她很羡慕露露的果断。

一边，是她心中的真爱笨笨，但他没有前途，如果和他一起回老家，那就相当于私奔了，父母是绝对不会同意的。她能忍受和他一起的苦日子吗？

另一边,是对她痴情一片的富家子。"他的个子比我还矮,而且我永远不会爱上他的。"

她问露露该怎么选?露露坚定地说,当然选后者。如果是露露自己,她肯定谁也不选,她宁可依靠自己。但是她了解岳梅,她替不愿过一天苦日子的好闺蜜说出了藏在她心底的真实想法。毕竟,她一辈子过得都"不差",今后也不会"差"的。

岳梅和常坚在一家经济型酒店连住了三天三夜,其间没有踏出过房门一步。这之后,常坚就离开了这座城市。岳梅也不愿继续留在伤心之地,很快就买好了回家的车票。

露露在美国的时候,岳梅和厂二代举行了盛大的婚礼。她回国后就听说岳梅开始创业了,用老公家的资源,创立了一个主打瑜伽服饰的品牌,并在无锡开设了第一家旗舰店。据说她老公非常支持她,并以自己太太是位女创业者而感到自豪。据说岳梅现在认识了一个健身教练,长得很像以前的笨笨。

不管怎样,大学毕业后,属于露露和岳梅的青春就正式结束了。

如果再次回到露露和陈黎的情感纠葛中去,有些问题并不容易被回答,比如:

他们是情侣吗?

是,也不是。

他们是爱情吗?

是,也不是。

他们是朋友吗?

是,也不是。

那么,有什么是能确定吗?

有。

是什么?